L'atelier des cœurs égarés

De Virginie PAQUIER

Du Même Auteur :

L'ENVERS DES CORPS, Roman

CODE TATTOO, Roman

Mes Vérités à dire, et à contredire, Recueil de chroniques

OFFRE LOGEMENT CONTRE MENUS SERVICES,
Volume 1&2, Roman

LA JOLIE VIE DE MELANIE, Roman

DEUXIEME ETAGE, RAYON HOMMES, Roman

LE DERNIER FACTEUR, Roman

C'EST COMME CA, PAPA ! , Roman

AVANT QU'IL N'EN RESTE RIEN, Roman

LE CHANT DE LA BAIE, Roman

PAGE BLANCHE, Roman

LE SOIGNEUR D'ARBRES, Roman

L'AFFAIRE LECLOU, Roman

AVANT-PROPOS :

Qui n'a jamais connu la solitude ? Au moins quelques jours, quelques heures, peut-être des années. Ceux qui ont eu la chance de passer à côté comprendront difficilement la douleur qu'elle engendre.

Mais finalement, est-ce vraiment une chance ? Et si la solitude nous permettait de nous trouver, à plus ou moins long terme ? Sait-on vraiment qui on est, lorsqu'on n'a jamais eu à expérimenter ce sentiment d'être isolé, face à soi-même, et d'être obligé, pour survivre, d'aller chercher au plus profond de nous la légitimité d'être présent, parmi les autres ?

Comme beaucoup d'épreuves, ce sentiment, parfois, peut nous rendre plus fort, plus attentif aussi, à ceux qui nous entourent. Plus humain, finalement.

CHAPITRE 1

Lorraine s'approcha de la fenêtre, et jeta un œil à la rue, depuis le quatrième étage de son immeuble cossu. Il n'y avait pas grand-monde, ce jeudi soir, à l'heure du dîner. Pas non plus de voiture garée en vrac en bas de chez elle, Simon était en retard.

Elle retourna à son miroir, pour quelques dernières retouches ; son fard à paupière était peut-être un peu trop fort, et le contour de ses lèvres pas assez net. A quarante-neuf ans, la moindre imperfection est accentuée par les ridules installées ici et là, telles des rigoles, et le maquillage devient vite un ennemi. Après avoir repris l'ensemble du mieux qu'elle le pouvait, elle se recula pour juger du résultat. Mieux, beaucoup mieux. Ses yeux verts ressortaient sans faire « panda », et sa bouche retrouvait sa forme naturelle, aux courbes douces et sensuelles. Elle n'aimait pas son nez, trop long à son goût, mais cela, elle n'y pouvait rien et avec le temps, elle avait appris à accepter ses imperfections. De toute façon, ils avaient prévu d'aller dîner chez Molinas pour ce premier rendez-vous, et d'après son souvenir, c'était un endroit qui cultivait une ambiance tamisée et intime, avec des espaces plutôt sombres, éclairés de quelques bougies diffusant une lumière légère. Elle espérait que tout cela jouerait plutôt à son avantage. Lorsque Simon lui avait proposé cette table, elle avait tout de suite accepté avec enthousiasme, tant il y avait longtemps qu'on ne l'avait pas invitée dans un endroit chic.

Vingt heures. Pour un premier rendez-vous, ça commençait mal. Ils auraient dû partir il y a dix minutes au moins, et toujours pas de Simon. Pourtant, il habitait tout près d'ici, il ne devait pas avoir de souci de transport. Lorraine vérifia ses messages, il n'avait pas appelé. Il n'était donc pas aussi galant qu'il le laissait paraître sur internet, puisqu'il se permettait de la faire attendre sans la prévenir ni s'excuser. Elle revint vers la fenêtre pour contrôler son porche, toujours pas de voiture en bas. Que faire ? Son amie Claire lui avait bien dit, pourtant, de ne pas faire confiance à ces rencontres virtuelles sur des sites douteux.

« Ce n'est pas comme ça que l'on rencontre l'amour de sa vie ! Sinon, ce serait trop facile ! »

Ce qui n'était pas facile, c'était de vivre depuis six ans toute seule, de rentrer du travail le plus tard possible en traînant des pieds, en sachant que personne ne sera là pour partager sa soirée, de s'arrêter au passage dans tous les petits commerces de sa rue encore ouverts pour faire durer le trajet, de discuter avec la boulangère ou l'épicier de choses sans intérêt comme le temps qu'il fait et les travaux qui n'en finissent pas sur la place, puis de regarder toutes les émissions de télévision, faute de mieux … bref, de souffrir de la solitude, à s'en demander ce que l'on fait encore sur cette terre. Mais elle ne pouvait pas comprendre ça, Claire, malgré toute sa bonne volonté. Son mari n'était pas parti avec une voisine, elle avait deux enfants encore chez elle, un chien et une tortue, et aucune idée de ce que le mot solitude signifiait. Lorraine, elle, n'avait plus personne, hormis quelques amis fidèles, mais qui avaient tous une vie de famille remplie. Et au terme d'une longue période de déprime sévère, pendant laquelle elle n'était pratiquement pas sortie de chez elle pour autre chose que pour aller travailler, elle avait à nouveau envie de profiter de la vie. Alors, comme tant d'autres personnes seules, après avoir fait le tour de ses connaissances sans résultat, elle s'était résignée à s'inscrire sur un de ces sites, pour faire des rencontres. Pourtant, elle aussi, méprisait ces pratiques, avant. Mais les convictions, c'est fait pour les gens heureux et comblés, pas pour les autres. Et puis, lorsque Simon s'était présenté à l'occasion d'un échange par messagerie, assez rapidement, elle avait eu l'impression qu'entre eux, il pourrait y avoir quelque chose. Il semblait sérieux, gentil, presque trop. Sa photo avait fini de la convaincre, il était distingué et plein de charme.

Mais voilà, il était maintenant vingt heures douze, et toujours pas de Simon. Que faire ? Elle se sentait bête, à attendre ainsi pomponnée, dans sa jupe noire pailletée et son petit haut décolleté, ses bas et ses escarpins vernis, n'osant ni s'asseoir, ni boire quoi que ce soit, de peur de se froisser ou de charger désagréablement son haleine. Elle attendit encore quelques minutes, debout devant la fenêtre, puis se décida à appeler Claire. Celle-ci décrocha rapidement.

— C'est toi, ma chérie ? Tu ne devais pas aller au restaurant avec ton *cyber*-cavalier ?
— Justement, il devait passer à huit heures moins le quart, et je n'ai pas de nouvelles.

— Alors là, je crois que je t'avais suffisamment avertie, non ? Ces rencontres-là, ce n'est pas sérieux, voyons !

— Mais non, je t'assure, je lui ai parlé au téléphone ce matin. Il avait l'air très bien.

— Tellement bien qu'il n'est pas venu ! Alors ?

— Alors ? Qu'est-ce que je fais ?

— Je ne sais pas, moi. Viens manger à la maison, si tu veux. On avait commencé, mais on t'attend.

— Je ne veux pas manger, je veux un rancart, merde !

— Inutile d'être grossière avec moi, je n'y suis pour rien.

— Je l'appelle ?

— Fais comme tu veux, mais ne viens pas te plaindre ensuite.

— Tu n'es pas juste.

— Bon, s'il ne répond pas, tu viens, hein ? Je te garde une part au chaud.

Lorraine raccrocha, un peu agacée, même si elle connaissait le grand cœur de son amie. Elle composa le numéro que Simon lui avait laissé, et attendit, le cœur serré, qu'il décroche. Une sonnerie, puis une autre, et après cinq sonneries interminables, une femme répondit d'une voix grave.

— Allo ?

— Euh … allo, Madame ?

— Oui, je vous écoute ? Vous appelez mon frère, Simon ?

Soulagée, Lorraine confirma. Si c'était sa sœur, elle avait pu répondre à sa place. Mais que faisaient-ils ensemble, alors qu'il aurait dû se trouver ici ?

— Il est là ? Je voudrais lui parler.

— Désolée, Madame, mon frère s'est suicidé. Il est aux urgences, en réanimation. Vous êtes une amie ? Vous voulez venir le voir ?

— Oh ! Je … non, merci. Je veux dire … je rappellerai, excusez-moi.

Elle raccrocha presque au nez de la femme, trop surprise pour savoir quoi dire, et tomba sur son canapé, lâchant le téléphone qui rebondit avec fracas sur le parquet. Suicidé !? Le soir où il devait venir la chercher pour sortir avec elle ? Mais comment la perspective de leur rencontre, après deux mois de discussions à distance, avait-elle pu lui donner envie de se suicider ? Etait-ce une blague ? Se moquait-il d'elle ?

Les doigts crispés, Lorraine écrasait sans s'en rendre compte le tulle brodé de sa jupe, et frottait avec son autre main son œil droit, réduisant à néant tout le long travail de maquillage réalisé une heure auparavant. Passée la minute de sidération, elle fit voler d'un geste du pied un escarpin, puis l'autre, et s'effondra en sanglots. Claire avait raison, elle n'aurait jamais dû rappeler cet homme, et encore moins chercher à le connaître par le biais de ce site à la con. Comment avait-elle pu être aussi naïve, et croire réellement qu'elle pouvait tomber sur un prince charmant sur internet ? Il ne pouvait y avoir que des déséquilibrés, des fous ou des obsédés, puisqu'ils étaient seuls ou avides de rencontres rapides et discrètes. Tout le monde le savait. Sauf elle.

Après plus d'une vingtaine de minutes de pleurs et de désespoir, elle se recroquevilla contre les coussins, sans prêter attention à sa tenue et sa coiffure maltraitées, et s'endormit telle quelle.

Lorsque Lorraine se réveilla, le lendemain matin, il faisait encore nuit. Il était très tôt, et elle ne travaillait pas ce jour-là. Elle avait faim et soif, et se leva avec peine pour aller se servir un verre d'eau dans la cuisine. Elle alluma et en passant devant le miroir du couloir, son image lui apparut, plus désespérée que jamais. Son mascara avait tracé de longues traînées noires sous ses yeux bouffis, traces qui viraient du côté où elle s'était endormie. Son chignon était informe, des mèches de cheveux semblaient collées sur son front comme des algues. Sa jupe était tournée et de travers, complètement chiffonnée, et son petit haut sexy ne méritait plus son nom. Elle avait filé un de ses bas, qui était descendu mollement jusqu'à son genou.

Lasse, elle s'affala avec son verre sur une chaise et but doucement son eau, le regard vide. Heureusement que c'était le week-end, et qu'elle pouvait se reposer et prendre le temps de se remettre. Elle n'avait pas rêvé, elle attendait un homme qu'elle n'avait jamais rencontré auparavant, il était en retard, et finalement, pendant tout ce temps, il n'avait rien trouvé de mieux à faire que d'essayer de se tuer ! Une bonne douche ne serait pas de trop pour commencer.

Après un café bien serré, les cheveux remontés dans une serviette rose, pour le moral, Lorraine décida d'appeler Claire. Il était encore tôt, mais son amie était matinale, et certainement déjà occupée à briquer sa maison ou à se préparer pour aller courir.

— Claire ?

— Lorraine ? Tu es déjà réveillée ? Un samedi ? Ça s'est mal passé !?

— Plutôt, oui.

— Je te l'avais dit, hein ! Je te l'avais dit ! C'était un obsédé ? un malade ? Il t'a fait quelque chose ? Oh ! ma pauvre !

— Non, non. C'est lui, il s'est suicidé.

— Quoi ? Pendant qu'il était avec toi ?

— Mais non, avant. Je ne l'ai pas vu, il n'est pas venu, et pour cause. Lorsque j'ai essayé de le joindre, je suis tombée sur sa sœur, il était en réanimation à l'hôpital.

— Nom d'un chien !

Claire ne s'attendait pas du tout à ce genre de scenario, elle qui avait pourtant imaginé le pire. Après s'être demandé tout d'abord si son amie n'avait pas inventé ce prétexte pour expliquer que l'homme n'était pas venu, et éviter de reconnaître son échec, elle comprit que Lorraine ne mentait pas. La pauvre semblait complètement anéantie.

— Viens à la maison, ne reste pas seule, prends des affaires pour dormir.

— Merci, Claire.

Heureusement qu'elle était là, Claire. Combien de fois elle avait remonté le moral à Lorraine depuis son divorce ! Après des rencontres malheureuses avec des hommes décevants, après un échec professionnel lorsqu'elle briguait le poste de responsable ressources humaines de sa société, lors de la disparition de son chat … Elle était toujours disponible, toujours prête à l'accueillir malgré son emploi du temps surchargé de femme au foyer investie dans la vie locale et l'éducation parfaite de ses enfants. De temps en temps, Lorraine l'admirait, malgré son diplôme de haut niveau et son salaire très confortable. Qu'avait-elle, elle, en dehors de ça ? Rien. Plus de mari, plus de famille, pas de vie sociale. A quoi bon avoir fait toutes ces études, pour finalement être aussi malheureuse, alors que Claire s'était arrêtée au bac et avait tout ce que l'on peut rêver d'avoir ?

Lorraine pleura encore le temps du trajet, et arriva les yeux rouges chez son amie. Une fois installée devant un bon verre de jus de pommes bio, elle se sentait un peu mieux.

— Est-ce qu'il est mort ?
— Simon ? Mais non, je ne crois pas, il était en réanimation. Enfin, peut-être … c'est affreux !

— Jamais entendu une histoire aussi glauque.

— Bon, on peut parler d'autre chose maintenant ?

— Tu as raison, excuse-moi. Et si on allait courir toutes les deux, le temps qu'ils se réveillent, là-haut ? Ça te dit ? Tu as pris tes affaires de sport ? Sinon, je te prête un legging.

Alors qu'elles traversaient en petites foulées le parc de la ville, Lorraine semblait pensive. Elle n'avait pas fait de sport depuis longtemps, et son rythme était plus que modéré. Claire aurait voulu courir plus vite, mais elle voyait bien que son amie n'allait pas bien.

— Ça te perturbe, cette histoire ?

— Tu crois ? Non, franchement, je ne vois pas pourquoi ça me perturberait.

— C'est normal. Et si j'organisais une soirée ? J'inviterais plein de gens du coin, ceux du loto, ceux du théâtre, ceux des restos du cœur, ou de mon association pour les handicapés, et tu pourrais faire des connaissances. Ça te plairait ?

— C'est gentil, Claire, mais là, tu vois, je ne sais pas. Je n'ai pas trop envie. Je ne sais plus où j'en suis.

Elle s'arrêta de courir, et resta figée, debout, au milieu de l'allée. Claire s'arrêta aussi et la rejoignit.

— Tu devrais peut-être aller voir un spécialiste ?

— Un spécialiste de quoi ? De la solitude ?

— Quelqu'un qui pourrait t'aider à voir les choses autrement. Un psychologue.

— Un psychologue ? Il va me trouver un homme ? Il va donner de sa personne ?

— Non, mais il va t'aider à accepter cette situation, le temps que tu rencontres quelqu'un. J'en connais un. Il a aidé ma sœur, il y a quelques années. Il paraît qu'il est très bien. Je te donnerai ses coordonnées.

— Si tu veux.

Aller voir un psychologue ? Pourquoi faire ? C'était Simon, le désespéré. Pas elle, enfin, pas encore.

CHAPITRE 2

Après un week-end morose mais rendu supportable par l'ambiance familiale et simple de la maison de Claire, Lorraine se préparait à partir au travail. Heureusement qu'elle avait encore cette passion à laquelle se raccrocher. Même si elle n'avait pas obtenu le poste dont elle rêvait dans cette société financière, elle aimait son métier. D'ailleurs, pourquoi ne pas débuter une nouvelle formation ? Puisqu'elle avait le temps, et même le besoin, de s'investir dans un projet prenant et qui la sorte de ses pensées noires, c'était le moment idéal pour progresser encore, et peut-être, gagner des points en vue d'une nouvelle opportunité de carrière. Elle s'étourdirait à la tâche, et ainsi, ne se morfondrait plus chez elle.

Elle passa donc la semaine à étudier la possibilité de présenter à son responsable un plan de formation sur-mesure, qui n'empiète pas sur sa disponibilité au travail, ni sur le budget formation du service, et qui lui permette d'acquérir des compétences supplémentaires. Depuis qu'elle était en poste dans cette entreprise, elle n'avait jamais rien demandé, et toujours tout fait pour remplir au mieux ses fonctions. Le vendredi, toute excitée, elle lui fit part de son projet avec confiance. Malheureusement, les choses ne se passèrent pas du tout comme elle l'avait espéré.

— Comme vous le savez, Lorraine, notre politique de formation est très stricte. Vous êtes déjà très qualifiée, presque trop, et vous n'êtes donc pas prioritaire. Je vais mettre votre demande en attente, et d'ici quelques mois, nous pourrons sans doute la réexaminer.

— Mais monsieur, j'ai BESOIN de cette formation ! C'est une urgence !

— Une urgence ? Pour quelle raison ? Vous souhaitez nous quitter, Lorraine ?

— Pas du tout ! Mais non ! Je veux juste pouvoir m'occuper … je veux dire … occuper mon temps, intelligemment.

— On ne fait pas une formation pour s'occuper, mais pour atteindre un objectif précis dans le cadre d'une stratégie à long terme. Désolé, Lorraine.

— Je ne peux rien faire pour vous faire changer d'avis ?

— Je ne pense pas, non. Pas pour l'instant. Je vous laisse regagner votre poste. Bonne journée.

— Bien.

— Et … Lorraine ! Vous devriez peut-être voir un spécialiste. Médical, je veux dire. Je vous dis cela comme un ami.

Elle quitta le bureau sans un mot, dépitée. Mais qu'est-ce qu'ils avaient tous, avec leurs spécialistes ? C'était donc si évident, qu'elle ne tournait pas rond ? Et puis, elle trouvait vraiment injuste d'être pénalisée parce qu'elle avait déjà des diplômes. Elle avait fait des efforts et des sacrifices, pour les obtenir, et au lieu d'en récolter les fruits, on la punissait, finalement.

Voilà son ultime domaine d'épanouissement qui se racornissait d'un coup, sur un simple refus. Après avoir passé sa jeunesse à étudier, puis sa vie de jeune femme à satisfaire ses employeurs, on lui fermait simplement au nez les portes de son ambition. Lorraine se sentait abattue, à présent. Ses forces, après avoir été poussées à l'extrême pour se sortir du trou, retombaient progressivement, pesant sur son cou, sur ses épaules, son dos, jusqu'à lui couper les jambes. Elle dut s'asseoir et sentit ses mains tomber dans le vide de chaque côté de son corps crispé. Il était presque dix-neuf heures, ce vendredi soir. Sans plus aucune motivation, elle ramassa mollement ses affaires, se releva au prix d'un effort énorme, prit son manteau, et partit sans saluer ses collègues.

Mais une fois dehors, elle dut admettre qu'elle n'avait pas de destination en vue. Rentrer chez elle ? Malgré tout le confort de son très joli trois pièces, elle n'avait aucune envie de se retrouver à nouveau seule devant un plateau télé et une tasse de tisane avant de se coucher. La perspective de rentrer dans son appartement vide et froid la glaçait de l'intérieur. Elle pouvait évidemment appeler Claire, mais il était hors de question de passer à nouveau le week-end chez elle avec sa famille. Son amour-propre n'y survivrait pas. Lentement, elle marcha pendant quelques dizaines de minutes, puis s'arrêta soudain, une fois arrivée dans son quartier. Assise sur un banc de la place, qui se vidait de ses passants, elle tenta de joindre par téléphone une autre amie proche, mais sans succès. Elle appela ensuite un couple qu'elle connaissait depuis des années, et qui s'était installé récemment dans une jolie maison en périphérie, mais ils ne pouvaient pas sortir car ils recevaient de la famille. Elle poursuivit avec obstination avec trois autres personnes qu'elle comptait parmi ses connaissances les plus intimes, et même deux collègues de bureau qu'elle voyait parfois en dehors du travail, mais les réponses négatives tombaient l'une après l'autre : ils étaient absents ou déjà pris. Evidemment, elle aurait dû anticiper et les prévenir plus tôt, en organisant des sorties ou des dîners pour ce fameux week-end. A présent, elle se retrouvait seule comme une pauvre fille, alors qu'elle avait tant besoin de compagnie. En tout dernier recours, au bout du rouleau, elle composa le numéro de ses parents. Après tout, ce n'est pas parce qu'elle avait quarante-neuf ans et qu'elle ne les appelait plus guère que pour leur anniversaire et les fêtes de Noël, qu'ils n'étaient plus ses parents.

— Maman ?

— Tiens ? Lorraine, c'est toi ?

— Oui, maman. Vous allez bien ?

— On a attrapé une gastro. On est au lit tous les deux. Ça va mieux qu'hier, mais bon. Ça fait plaisir de t'entendre, tout va bien ?

Aïe ! Il ne manquait plus que ça. Elle n'avait pas du tout envie d'être malade, en plus d'être désespérément seule.

— Tout va bien, oui. Bon, comme je vois que ça va pour vous aussi, je vous laisse vous reposer.
— Je ne te propose pas de passer, mais tu pourrais venir nous voir la semaine prochaine, si tu veux ?
— D'accord, maman. D'accord. Je vous embrasse.
— Nous aussi, ma chérie.

Ce n'était vraiment pas de chance. Même ses propres parents n'étaient pas disponibles pour elle. Alors c'était comme ça ? Si on était seul, déprimé, à bout, il fallait se débrouiller ? Personne à qui se confier ? Personne pour se libérer ne serait-ce qu'une heure ou deux, le temps de boire un verre, dîner, ou juste discuter ?

Lorraine glissa ses mains dans ses poches, elle commençait à avoir froid. Elle aperçut alors un SDF qui s'installait sur un banc à côté, et qui, tassant une veste usée sous sa tête, semblait, lui aussi, se moquer totalement de sa présence. Elle le fixa un moment, mais il ne prêta pas attention à elle. Même un SDF, n'avait pas envie de lui parler ! Elle sentit crisser sous ses doigts un petit morceau de papier dans le fond de sa poche, et le sortit machinalement. C'était l'écriture de Claire.

« Docteur Alban Duval, 3 rue des Bournouviers, 06358522. »

Elle laissa tomber le morceau de papier sur le banc. C'était le nom du psychologue que son amie lui avait conseillé de contacter. Il officiait tout près d'ici. Encore un qui ne devait pas être disponible quand on en avait besoin.

Finalement, elle se leva et se résigna à prendre le chemin de son appartement, situé tout près. Les commerces devaient être fermés à présent, elle ne pourrait même pas discuter avec la boulangère ni avec l'épicier. Pourtant, elle aurait donné cher pour tomber sur quelqu'un de disponible en chemin, mais elle n'allait tout de même pas entrer dans un bar pour faire des rencontres ! Cette perspective lui apparaissait comme la pire des déchéances, car elle gardait en tête l'image d'un vieil oncle soûlot traînant de bar en bar et finissant ses soirées régulièrement avachi sur le rebord d'un trottoir. Alors qu'elle s'éloignait, elle entendit appeler.

— Madame ! Madame !

Elle se retourna, s'assurant qu'il n'y avait personne d'autre qu'elle sur la place. C'était le SDF, qui s'était relevé et lui tendait quelque chose. Elle s'approcha, avec espoir.

— Oui ?
— C'est à vous ! Vous l'avez oublié, là !

Il lui rendit son petit morceau de papier avec les coordonnées du psychologue. Elle le remercia sans conviction, car elle l'avait négligemment laissé sur le banc, persuadée de ne jamais appeler. Le SDF lui tendit alors son autre main, paume ouverte sur le dessus. Il voulait une récompense pour le service rendu ! Le comble. Elle était très surprise, car l'homme s'était comporté comme s'il ne l'avait pas vue, alors qu'en vérité, il la surveillait, elle et ses affaires. Sans doute était-ce un réflexe de vérifier après le départ des gens s'ils n'oubliaient rien sur leur banc, et en l'occurrence, le papier ne présentant pas de valeur pour lui, il avait trouvé rapidement le moyen de le valoriser. Mais au moins, c'était toujours un échange, un contact avec quelqu'un. Lorraine fouilla dans son sac et en sortit un billet de cinq euros qu'elle lui remit. Il était ravi.

— Merci, Madame ! Vous êtes généreuse, merci ! Bonne soirée, Madame !

— Vous aussi, Monsieur, bonne soirée.

Et il repartit aussitôt sur son banc, et se coucha, face contre le dossier, lui tournant le dos. Visiblement, il allait passer une bonne nuit grâce à cette fortune tombée du ciel. Et il ne cherchait décidément pas de compagnie.

Lorraine regarda le papier, qui se retrouvait à nouveau entre ses doigts. Et si c'était un signe ? Si le geste improbable et intéressé de ce SDF signifiait quelque chose ? En professionnelle pragmatique, elle n'avait pas l'habitude de s'attarder sur ce genre de détail, mais ce soir, tout était étrange, de toute façon. Et devant le vide de sa vie, il fallait bien qu'elle se raccroche à quelque chose. Il était vingt heures cinq, trop tard, sans doute, pour prendre un rendez-vous avec le psychologue, mais un message sur répondeur en dit parfois plus long sur son auteur qu'une conversation. Elle entendrait au moins le timbre de sa voix et jugerait si elle avait envie de poursuivre, ou pas. Elle appela et attendit que la messagerie se déclenche. Contrairement à toute attente, un homme répondit.

— Ah ! Hélène ! Ça fait trois quarts d'heure que je vous attends ! Vous êtes où ? Nous allons manquer le début du concert !
— Euh … Excusez-moi ! Ce n'est pas Hélène, je voulais laisser un message pour un rendez-vous ! Bonjour, Monsieur.
— Oh, pardon ! J'attends une amie, elle est en retard. Un rendez-vous ? Bien, je suis fermé à cette heure-là, mais je vais vous donner ça, un instant.
— Je rappellerai, si vous voulez.
— Non, non ! Je vais chercher mon agenda.

Lorraine attendit quelques instants, un peu gênée de s'imposer ainsi comme un cheveu sur la soupe.

— C'est pour vous, Madame ?
— Oui, c'est ça. C'est mon amie Claire François qui m'a donné vos coordonnées. Vous avez eu sa sœur comme patiente.
— Bon. Je peux vous proposer dans deux semaines, le mercredi 14 à quinze heures.
— Deux semaines ? Vous n'avez pas plus tôt ?

— Désolé, mon agenda est plein. Donnez-moi vos coordonnées, je vous rappelle si j'ai une annulation.

— Oui, s'il vous plaît, c'est assez urgent.

— Vous êtes en difficulté ?

— Disons … que je ne sais plus trop comment faire face à une solitude pesante.

— Je vois.

— Vous … votre amie ne risque pas d'essayer de vous appeler ?

— J'ai la fonction double appel. Et je crois qu'elle ne va pas venir.

— Je connais ça. Mon nom, c'est Lanoue, et mon téléphone est celui qui s'affiche.

— Bon, c'est noté, Madame. Je vous tiens au courant si j'ai un désistement, et sinon, je vous dis au 14.

— Très bien.

Lorraine allait raccrocher, lorsque, dans un sursaut inexplicable, elle lança sur un ton douloureux une dernière bouteille à la mer.

— Docteur ?

— Oui ?

— Je ne suis pas contre un concert, ce soir. Je suis disponible tout de suite, et à deux pas de l'adresse de votre cabinet.

— …

— Allo ?

— Oui, je vous entends. Mais je ne peux pas accepter, Madame, vous comprenez.

— Bien sûr. … Mais pourquoi, après tout ?

— Parce que c'est comme ça, vous allez être ma patiente, ce n'est pas possible. Je comprends votre problème, mais ce n'est pas un bon démarrage pour une thérapie.

— S'il vous plaît, on oublie la thérapie, là ! Faisons comme si nous nous étions rencontrés dans un café, chez un ami, je ne sais pas, moi !

— Mais nous ne nous sommes pas rencontrés. Je dois raccrocher, maintenant.

— Je vous promets de ne pas vous importuner avec mes problèmes. Nous allons voir ce concert, on ne parlera même pas, si vous voulez. Et dès que c'est terminé, nous nous séparons et chacun va de son côté. Je vous en prie, faites-le comme un geste d'humanité.

— … Bon, … vous pouvez marcher jusqu'à mon adresse ? J'habite au-dessus du cabinet, je descends et nous partons aussitôt avec ma voiture, c'est à dix minutes. Je rêve de ce concert depuis dix mois, je n'ai pas envie de le manquer, et j'ai deux places.

— Oh ! Merci, docteur ! Merci ! J'arrive tout de suite.

— Au fait ! C'est un concert de rock.

— Super !

Lorraine se surprenait elle-même d'avoir osé demander au médecin une chose pareille. Mais il avait accepté ! Elle n'aimait pas spécialement le rock, mais elle s'en fichait. Elle allait sortir, se retrouver dans un lieu chaleureux, animé, avec quelqu'un. Peu importe qui il était, peu importe que cette personne n'ait pas choisi de sortir avec elle, c'était une question de survie ! Rien que pour cela, elle lui devait déjà au moins la valeur d'une ou deux séances.

CHAPITRE 3

Lorraine arriva rapidement à l'adresse indiquée sur le papier, et confirmée par le docteur. Un homme d'une quarantaine d'années, plus jeune qu'elle ne l'aurait pensé au téléphone, vêtu d'une veste en cuir, attendait devant la porte. Il lui fit signe dès qu'il l'aperçut, comme s'il la reconnaissait. Il faut dire qu'il n'y avait personne d'autre dans la rue. Il lui tendit la main.

— Bonsoir, je suis le docteur Alban Duval.
— Bonsoir, Docteur, enchantée.
— On y va ?

Il était plutôt bel homme, même s'il semblait surtout pressé de partir. Il ne sembla pas spécialement prêter attention à elle, à part un vague coup d'œil machinal à sa silhouette, engoncée en l'occurrence dans un trench *oversize*. En quelques pas ils rejoignirent sa voiture, une simple berline confortable, mais sans ostentation.

Il n'y eut pas plus de conversation pendant le court trajet qui les mena à la salle des spectacles située en bordure de la ville, et pleine à craquer pour ce concert unique d'un groupe américain réputé. Lorraine n'osait pas dévisager le docteur, ni interrompre le silence par une quelconque question ou une banalité, puisqu'elle venait de promettre qu'elle ne parlerait pas si elle n'y était pas invitée. La situation était inédite, peu conviviale et même gênante, mais elle lui permettait de ne plus penser à sa solitude, et c'était tout ce qu'elle demandait. Une fois entrés, ils tentèrent tant bien que mal de s'approcher de la scène, mais un public dense et excité les en empêchait. Ils durent donc se contenter d'une vue oblique et assez éloignée, pendant que le concert démarrait. Le son, en tout cas, était au point. A la vérité, Lorraine, qui se rendait compte que sa tenue dépareillait complètement avec les blousons et franges qui l'entouraient, souffrait déjà du bruit qui sortait des enceintes situées tout près de son oreille droite. La guitare lui perçait les tympans, les basses résonnaient dans sa tête, et la batterie semblait vouloir soulever sa poitrine. Le médecin, qui se tenait de dos juste devant elle, à quelques centimètres seulement, semblait emporté par le rythme, à en juger par les mouvements saccadés de son cuir noir. Il se retourna pour lui sourire, et vérifier, peut-être, qu'elle était toujours là, et elle afficha aussitôt un rictus coincé. Comment paraître détendue dans un contexte comme celui-ci, les oreilles en bouillie et compressée comme une sardine ? Il ne sembla pas se rendre compte de son état et se replaça face à la scène, en se trémoussant. Nul doute qu'il appréciait beaucoup le spectacle, puisqu'il ne se retourna plus pendant toute la durée du concert. Etait-il marié ? Elle n'avait pas regardé s'il portait une alliance. Cette Hélène, était-elle plus qu'une amie ? Elle ne savait rien de lui, Claire lui avait seulement dit qu'il était un bon psychologue, et qu'il avait aidé sa sœur, c'est tout.

Après une heure vingt-trois de musique assourdissante, durant lesquelles Lorraine crut mourir, le chanteur annonça enfin la dernière chanson. Ouf ! Cette musique était insupportable, elle n'en pouvait plus. Enfin, c'était fini.

— Vous avez vu ça ? C’était formidable, n’est-ce
pas ?

Le docteur semblait se rappeler soudain qu’elle était
là, derrière lui. Lorraine improvisa rapidement un
avis encourageant, puisqu’on lui donnait la parole.

— Je trouve qu’ils valent bien leur réputation,
vraiment !
— C’était un des meilleurs concerts de ma vie.
Quelle ambiance !

Après cette conclusion enthousiaste, il s’engagea
dans le flot lent et animé des spectateurs qui se
dirigeaient à présent vers l’une des sorties, et elle le
suivit en soupirant.

Quelques dizaines de minutes plus tard, le docteur
reconduisit Lorraine jusque devant chez elle, dans ce
quartier agréable où elle vivait depuis son divorce.
Evidemment, même si elle mourait d’envie de
prolonger la soirée en sa compagnie, il était hors de
question de lui proposer de monter boire un verre, ni
même d’engager une discussion dans la voiture,
stationnée élégamment juste devant son porche.

— Eh bien, je vous remercie encore beaucoup
pour cette soirée, Docteur !

— Je vous en prie, Madame. A bientôt, pour notre
rendez-vous.

— A bientôt.

Il démarra avant même qu'elle soit entrée dans le
hall. Il était vingt-deux heures, elle était fatiguée,
cela ne devrait pas être trop difficile de s'endormir ce
soir, si seulement ce battement incessant de rythme
rock voulait bien cesser de taper dans sa tête.

Pourtant, une fois sous sa couette, après une douche
chaude et un léger en-cas, elle allait sombrer dans le
sommeil lorsqu'une image horrible lui vint soudain
en tête. Cette image, c'était Simon, son
« prétendant » virtuel, qui se jetait d'une fenêtre et
s'écrasait sur le sol froid et dur d'une rue sombre,
puis qui réapparaissait, accrochant cette fois une
corde à un lustre pour se pendre. Elle croyait avoir
réussi à le sortir de son esprit, mais il revenait à la
charge, décidé à poursuivre leur relation à distance.
Etait-il toujours à l'hôpital, ce soir ? Peut-être était-il
mort des suites de son geste ? Sa sœur avait l'air de
bien s'occuper de lui, il avait tout de même de la
chance dans son malheur. Lorraine ne saurait jamais
ce qui l'avait conduit à une telle extrémité, c'était
peut-être mieux ainsi.

Le réveil fut difficile. Beaucoup trop de cauchemars, de pensées noires, étaient venus perturber sa courte nuit. Un café fumant lui permit de retrouver un semblant de calme. Lorsque le téléphone sonna, elle se leva doucement de sa chaise pour ne pas risquer un mal de tête dont il serait difficile de se débarrasser ensuite. C'était Claire.

— Allo, ma chérie ?
— Bonjour, Claire.
— Je viens aux nouvelles, ça va, toi ?
— C'est gentil de m'appeler, tu ne devineras jamais ce que j'ai fait hier soir.
— Oh ? Une rencontre ?
— Pas ce que tu crois, mais quelque chose de dingue. Figure-toi que je suis sortie en concert, avec ton psychologue !
— Quoi ?
— Oui, le psychologue que tu m'as conseillé, je l'ai appelé pour un rendez-vous, et comme il attendait quelqu'un qui ne venait pas, j'ai profité de la place.
— Il t'a invitée ? Comme ça, sans te connaître ?
— Pas vraiment, disons que je lui ai demandé de bien vouloir admettre ma présence, et il a accepté.
— Ah ! Ok, et tu as passé une bonne soirée ?

— On dira que c'était … spécial. Tu sais que je ne suis pas trop rock, alors … Mais je suis sortie, et ça m'a fait du bien.

— Tu vas le revoir ?

— Uniquement pour un rendez-vous, dans deux semaines.

— Comment tu l'as trouvé ?

— Pas mal, mais tu sais, on n'a pas beaucoup parlé, et il m'a reconduite juste après, voilà. Tu sais s'il est marié ?

— Marié ? Non, je ne crois pas. En tout cas, pas d'après ce que ma sœur m'avait dit à l'époque, il y a trois ans. Bon, l'important, c'est que tu aies passé une bonne soirée, et que tu te sois décidée à te laisser aider, je te félicite !

— Merci, Claire. Tu sais, j'ai rêvé de Simon, je ne sais pas pourquoi, je me sens tellement mal lorsque j'y pense. Il a voulu mourir, au moment où nous devions nous rencontrer, ça me met mal à l'aise.

— Arrête de te torturer. Cet homme, tu ne l'as jamais vu en vrai, alors … Qu'est-ce que tu fais ce week-end ?

— Je vois une collègue, on va faire du shopping.

— Super ! Alors profite et fais-toi plaisir. Dépense tout ton argent !

— Merci Claire, fais une bise aux enfants.

Lorraine n'avait en réalité aucun projet de shopping, mais elle ne voulait pas que Claire s'inquiète pour elle et se sente obligée de l'inviter. Elle devait se débrouiller seule.

Pour s'occuper, elle décida de se lancer dans un ménage de printemps, en commençant par le tri de ses vêtements. Elle gardait tout, depuis le début de sa vie maritale, et il était temps de faire place nette. Son ex-mari l'avait quittée pour une voisine d'immeuble, une femme plus jeune, qu'il avait rencontrée dans le quartier, à plusieurs reprises, avant de l'inviter à boire un verre. Une histoire tellement classique, qu'elle en était humiliante de banalité. La femme était seule, elle n'avait pas résisté à son regard de braise, celui-là même qui avait fait chavirer Lorraine des années auparavant, dans sa prime jeunesse. Pour expliquer son choix, il lui avait dit qu'il ne se retrouvait pas dans leur mode de vie pépère, qu'il s'ennuyait, même s'il avait toujours de l'affection. De l'affection ! Elle avait partagé presque vingt-cinq ans de sa vie, de son quotidien, de ses doutes et ses espoirs, ils avaient un enfant ensemble, et avec tout ça, il ne ressentait plus que de l'affection ! Heureusement, leur fils était grand et autonome, il vivait à l'étranger où il avait fait une partie de ses études et travaillait nouvellement dans le domaine de l'énergie. Au moins, cet enfant était une vraie réussite, la seule chose positive à retirer de leur vie commune, réduite à néant. Chaque année, il revenait pour voir ses parents à Noël, et il téléphonait régulièrement. Il avait été très déçu et triste de savoir qu'ils se séparaient, mais sa vie était ailleurs à présent, et il ne se sentait pas vraiment concerné, seulement peiné.

La séparation avait cependant plongé Lorraine dans une dépression profonde, et c'était le travail qui l'avait sauvée. Depuis, elle n'avait pas réussi à rencontrer quelqu'un avec qui reconstruire une vie stable. Les années étaient passées, et elle avait fêté ses quarante-neuf ans avec un mélange de stupéfaction et de tristesse : comment le temps pouvait-il passer si vite, et comment allait-elle supporter encore de vivre seule, sans amour, sans tendresse ? Pendant toute cette période difficile, Claire avait toujours été à ses côtés, délaissant parfois les siens pour être avec elle, mais ce n'était plus possible de continuer à la monopoliser ainsi, au détriment de sa propre famille.

Etait-ce aussi la solitude, qui avait amené Simon, de son côté, à vouloir mettre fin à ses jours ?

Finalement, le docteur Duval était son seul espoir de sortir de l'impasse. Mais il fallait attendre quinze jours pour ce premier rendez-vous, c'était un peu long. Alors que Lorraine s'apprêtait à démonter une étagère bancale, pour la refixer solidement, son téléphone sonna.

— Bonjour, c'est le docteur Duval.

— Docteur !?

— Oui, je vous appelle pour m'excuser. Je n'arrête pas de penser à cette soirée d'hier, je me suis conduit comme un goujat.

— Comment ça ?

— J'ai cru bien faire en évitant de faire la conversation, je pensais que c'était plus professionnel. Mais finalement, puisque j'avais accepté votre compagnie, je n'avais pas à vous traiter ainsi. Je suis désolé, vous avez dû me trouver très désagréable.

— Pas du tout. Je me suis imposée, vous avez gentiment accepté parce que j'ai insisté, vous m'avez rendu un grand service. Et vous m'avez offert ce concert, en prime !

— Vous êtes sûre que vous avez aimé ?

— Oui, oui. Bien sûr. Enfin …

— Enfin ?

— En réalité, ce n'est pas du tout mon style de musique. Je dois dire que j'avais les oreilles en bouillie, et la tête à l'envers.

Le docteur éclata de rire. Puis il se reprit et s'excusa
à nouveau.

— Je suis vraiment désolé ! Quelle histoire
ridicule ! Et puisque vous êtes honnête avec
moi, je dois vous dire quelque chose.
— Oui ?
— Le pire, c'est que je n'aime pas non plus le
rock.
— Ah bon ?
— Non.
— Mais alors, pourquoi …
— Je suis comme vous, je suis seul, je souffre de
solitude, et la femme que j'attendais hier est
une personne que j'ai rencontrée sur internet, et
que je n'ai jamais vue en vrai. Je ne suis pas
surpris qu'elle ne soit pas venue, elle n'avait
pas l'air sûre de vouloir franchir le pas. J'ai
acheté ces deux places parce qu'elle m'avait dit
qu'elle adorait le rock, pour lui faire plaisir. Je
ne voulais pas non plus passer la soirée seul,
alors quand vous m'avez proposé votre
compagnie, même si c'est une erreur de sortir
avec une patiente, j'ai fini par céder, juste pour
ne pas avoir un sentiment d'échec personnel.
Là encore, je n'ai pas été correct avec vous, je
me suis servi de vous.

— Comment est-ce possible ? Vous êtes psychologue, vous savez comment faire…
— Détrompez-vous. Un cordonnier n'est pas toujours bien chaussé, un docteur pas toujours bien soigné, c'est comme ça.

Lorraine était très surprise d'entendre les aveux du docteur Duval. Elle qui s'était imaginé, allez savoir pourquoi, qu'il était un homme comblé, sollicité, avec une vie trépidante … Elle se rendait compte de son erreur. Et en plus, il n'aimait pas non plus le rock ! Evidemment, elle ne le connaissait pas du tout, et pourtant, elle aurait juré qu'elle avait affaire à un homme à la vie épanouie. Son allure décidée, sa façon affirmée de parler, tout le laissait croire.

— Merci de cette franchise, docteur.
— Je vous en prie. Se sentir seul est déjà difficile, je ne voulais pas me sentir imposteur en plus. Voilà, maintenant que tout est dit, je vous laisse, à bientôt.
— A bientôt, docteur. Merci.

L'espace d'un instant, Lorraine avait espéré qu'il lui propose quelque chose, là, ce samedi, ne serait-ce que se promener, et parler un peu. Mais c'était stupide, puisque, comme il l'avait dit, un médecin ne sort pas avec sa patiente. En tout cas, elle se sentait tout à fait en confiance, à présent. S'il ressentait les mêmes choses qu'elle, il la comprendrait encore mieux.

CHAPITRE 4

Les deux semaines qui suivirent parurent à Lorraine particulièrement longues. Sa vie n'avait pas beaucoup changé, elle se sentait toujours seule, incomprise au travail, dévalorisée. Elle n'avait pas envie de voir du monde en dehors du bureau. Mais au moins avait-elle un but, un espoir qui se matérialisait dans l'attente de ce premier rendez-vous avec le docteur. Malheureusement, il n'y eut pas de désistement parmi sa clientèle.

Claire, qui s'étonnait de ne plus avoir de nouvelles, appela un soir, inquiète.

— Ma chérie ? Comment vas-tu ?

— Bof. Toujours pareil. J'ai rendez-vous demain avec ton docteur, on verra.

— Ce n'est pas mon docteur, mais je suis sûre que ça va bien se passer. Tu veux venir dîner ?

— Non, merci, Claire. C'est gentil, je vais me faire une soupe, et me coucher.

— Ben dis donc, c'est pas bien gai, tout ça. Tu me rappelles demain soir, pour me raconter ?

— Ok, pas de problème. A demain, Claire !

Une fois qu'elle eut raccroché, Lorraine soupira. Son amie avait raison, ce n'était pas bien gai, et ce n'était pas du tout le genre d'état d'esprit qu'elle voulait transmettre. Il fallait qu'elle s'efforce de faire bonne figure, pour les autres, mais surtout pour elle-même. Après tout, elle était en bonne santé, elle ne manquait pas de ressources, ce n'était pas la fin du monde. Décidée, elle s'approcha de sa penderie, afin de choisir une tenue pour le lendemain. Elle n'aurait pas le temps de repasser chez elle après le travail, et puisqu'elle devait revoir le docteur, autant se montrer à son avantage. Il y avait cet ensemble bleu, très élégant avec un foulard coloré. Mais non, c'était beaucoup trop strict, cela convenait bien pour une journée de travail avec l'équipe du siège, mais pas pour un rendez-vous médical. Alors peut-être cette robe corail, avec des collants noirs et des talons ?

Stricte, mais seyante. Ou plutôt celle-là, la verte, une couleur qui mettait particulièrement son teint en valeur et ne faisait pas trop apprêtée, tout en étant élégante et simple. Oui, elle opterait pour ce choix, et porterait par-dessus une veste en cuir marron et des bottines à talon, pour décaler.

Le lendemain matin, Lorraine s'engageait avec assurance dans le hall de l'entreprise qui l'employait depuis douze ans déjà, vêtue d'un pantalon à pinces taille haute, et d'un chemisier fluide couleur pêche. Comme souvent lorsqu'elle voulait soigner son apparence, elle se décidait au dernier moment pour une tenue improvisée au sortir de la douche, et délaissait celles qu'elle avait mis tant de temps à sélectionner la veille. En effet, elle avait pensé, lorsqu'enfin couchée, elle cherchait à s'endormir, que les psys vous font allonger sur un sofa, et qu'il serait plus commode de porter un pantalon pour être à l'aise. La journée se passa comme d'habitude, sur les chapeaux de roues. Il était déjà dix-huit heures lorsqu'elle boucla son dernier dossier, un litige avec un sous-traitant qui avait fait travailler du personnel non déclaré. Elle avait juste le temps de courir à son rendez-vous.

Enfin arrivée devant l'entrée de l'immeuble, elle prit tout de même quelques secondes pour respirer et se calmer. Mais pourquoi était-elle donc si fébrile ? Ce rendez-vous était un entretien médical avec un professionnel de la psychologie, pas de quoi s'emballer comme ça, ni passer pour une séductrice. Au contraire, c'était le moment d'être honnête, sincère. Elle monta les marches à pied, et se présenta au deuxième étage, où elle sonna. La porte s'ouvrit automatiquement, donnant directement sur une salle d'attente. Il n'y avait donc pas de secrétaire pour recevoir les patients, le docteur Duval faisait tout lui-même. Un petit écriteau mentionnait : « Veuillez vous installer, le médecin viendra vous chercher. » Elle était seule, et pouvait espérer ne pas attendre longtemps. Effectivement, après seulement quelques minutes, elle entendit une porte s'ouvrir, et il parut devant elle. Il était vêtu d'un simple pantalon de toile, et d'une chemise dont le dernier bouton était ouvert. Sans son blouson de cuir, il avait une allure plus sérieuse.

— Bonjour, Docteur !
— Bonjour, Madame Lanoue. Vous me suivez ?

Le souvenir de leur dernière soirée, puis de leur conversation téléphonique le lendemain, revint à la mémoire de Lorraine, qui ne put retenir un léger sourire complice. Mais le docteur ne sembla pas s'en rendre compte. Ils entrèrent dans son bureau, vaste et lumineux, et Lorraine constata immédiatement qu'il n'y avait pas de canapé sur lequel s'étendre, mais seulement deux fauteuils confortables, disposés presque côte à côte, dans un coin près de la fenêtre. Après avoir rempli une fiche de renseignements administratifs, le docteur l'invita à s'asseoir, en désignant le fauteuil le plus exposé à la lumière du jour.

— Je vous en prie, asseyez-vous.

— Merci.

— Nous allons commencer par une simple présentation, et vous allez me dire tout ce qui ne va pas.

— Très bien. Je m'appelle Lorraine, j'ai quarante-neuf ans, mon mari est parti il y a six ans et depuis, je vis seule car notre fils a quitté la maison pour ses études depuis plus de neuf ans, et s'est installé à l'étranger ensuite. Je l'ai eu très jeune. J'ai un travail qui m'intéresse, même si je ne me sens pas reconnue à ma juste valeur. J'ai aussi des amis, mais je me sens seule, très seule. Je ne pensais pas qu'il serait nécessaire de voir un spécialiste pour cela, puisque le remède serait de rencontrer quelqu'un, mais ma meilleure amie m'a fait remarquer que je n'allais pas bien, et je crois qu'elle a raison.

— Pourquoi pensez-vous cela ?

— Je m'en suis rendu compte récemment, à l'occasion d'un évènement terrible. J'avais rendez-vous avec un homme rencontré sur internet, et il s'est suicidé, alors que je l'attendais. Cela m'a fait un choc, je crois que je me sens un peu responsable, même si nous ne nous sommes finalement jamais vus. J'ai senti que quelque chose n'allait pas, comme si je perdais un peu le contrôle de mes émotions.

— Vous avez de bonnes relations avec votre famille ?

— J'ai un frère, mais je ne le vois presque plus. Il a sa vie, nous n'avons plus tellement de choses en commun, je n'ai pas envie de l'embêter avec mes ennuis. Mes parents sont gentils, ils se sont toujours bien comportés. J'ai fait de bonnes études, je voulais être indépendante, avoir un bon travail, et je l'ai. Lorsque j'ai divorcé, ils n'ont rien dit de particulier. Nous ne nous mêlons pas les uns les autres de nos vies personnelles.

Le docteur écoutait attentivement Lorraine, sans réagir. Cependant, lorsqu'elle arrêta de parler, elle s'aperçut qu'il avait l'air pensif, et plus fermé tout à coup. Elle pensa aussitôt que sa propre situation actuelle ressemblait peut-être beaucoup à ce qu'elle venait de décrire, puisqu'il lui avait avoué sa solitude et son recours aux sites de rencontre sur internet. Elle eut un réflexe naturel.

— Et vous ? Comment en êtes-vous arrivé là ?
— … Moi ?

Il parut sortir de ses pensées, et se rendre compte de l'absurdité de la situation.

— Nous sommes là pour parler de vous, Madame Lanoue. Je vous en prie, poursuivez. Qu'avez-vous ressenti exactement, quand vous avez appris que cet homme s'était suicidé ?
— Eh bien, je ne sais pas. Je l'attendais avec espoir, vous comprenez, avec excitation, même, je dirais. Ce devait être une nouvelle rencontre, une perspective joyeuse, donc un moment de plaisir, une trêve dans la solitude, pour lui comme pour moi. Je pensais qu'il était aussi excité que moi, qu'il attendait avec impatience de me voir enfin, après tout ce temps passé à échanger des messages. Mais je suis tombée de haut, puisqu'il n'a pas attendu de me rencontrer, il a voulu partir juste avant … Mais, excusez-moi, Docteur …
— Oui ?

— Je suis désolée, je pense que ça ne va pas fonctionner.

— Quoi donc ?

— Cette thérapie, ça ne va pas fonctionner.

— Et pourquoi ça ?

— Parce que, je pense que vous aviez raison. Nous n'aurions pas dû sortir ensemble l'autre jour. A présent, je vous connais un peu, vous vous êtes confié, et moi, je ne peux pas vous raconter ma vie, mes problèmes, sans tenir compte des vôtres. Ce n'est pas possible.

— Mais ça n'a rien à voir, enfin ! Vous mélangez tout ! Continuez, Madame Lanoue.

— Je ne peux pas, je suis désolée. D'ailleurs, je ne suis pas prête pour ce genre de travail sur soi, c'était une erreur, je le sentais.

— Je n'ai jamais entendu une chose pareille ! Soyez raisonnable !

— Peut-être, mais c'est comme ça. Soit vous me parlez aussi de vous, soit ce n'est pas la peine de continuer.

— C'est ridicule.

— Vous savez ce qui est ridicule ? C'est de s'appeler Lorraine, juste parce que mon père adorait la quiche. ÇA, c'est ridicule, même si j'aime beaucoup mon prénom. Alors je suis désolée, mais je ne pourrai pas faire abstraction de ce que vous m'avez dit. Vous êtes seul aussi, et je suis là à vous raconter ma vie, qui n'est peut-être pas pire que la vôtre.

— Encore une fois, ça n'a rien à voir. Et que voudriez-vous faire ?

— Discuter, échanger, comme deux personnes qui font connaissance.

— Ce n'est pas possible.

— Pourquoi ?

— Parce que je suis docteur, ce n'est pas comme cela qu'on mène une psychothérapie.

— Alors est-ce que cela vous dérangerait de ne pas m'avoir comme patiente ? Et de nous contenter de faire connaissance, tout simplement ?

— Disons que …

— Je comprends bien que vous y perdez une cliente, mais en manquez-vous ?

— Non, ce n'est pas cela, bien sûr, mais …

— Mais ? De toute façon, si vous n'acceptez pas, je m'en vais.

— Eh bien, si vous voulez, d'accord, mais pas ici, pas dans mon cabinet.

— Bien sûr ! Allons au café d'en bas, qu'est-ce que vous en dites ?

— Je dis que je veux bien vous offrir un verre, c'est d'accord.

— Merci, docteur !

— Appelez-moi Alban.

— Et moi, Lorraine.

C'est ainsi qu'ils descendirent tous deux au bar des Fleurs, un café-fleuriste tenu par un couple autour de la cinquantaine, Emilie et Dany, que Lorraine connaissait un peu pour y être allée une ou deux fois avec Claire. Le lieu était calme et odorant. Parfait pour un moment de détente. La salle du café était spacieuse et décorée avec goût, et communiquait avec la boutique de fleurs. Visiblement, le docteur fréquentait aussi le lieu.

— Bonjour, docteur !
— Bonjour, Emilie ! Bonjour, Dany !
— Bonjour, Madame.
— Bonjour.
— Qu'est-ce qu'on vous sert ?
— Deux blancs, s'il vous plaît.

Voilà qu'ils se retrouvaient tous deux devant un verre, juste en dessous du cabinet d'Alban, et pour la seconde fois en tête-à-tête, après cette soirée mémorable au concert. Le docteur avait l'air un peu contrarié tout de même.

— Je n'aurais pas imaginé me retrouver un jour dans cette situation. C'est un comble, tout de même !

— Je suis désolée, mais il ne faut pas considérer notre rencontre comme un échec, j'en serais très vexée.

— Vous avez raison. Mais j'ai pour vocation de soigner, pas de papoter.

— J'aimerais que vous me racontiez comment vous, un homme intelligent et charmant, vous pouvez vous retrouver seul ?

— Pour les mêmes raisons que vous, certainement. Je suis resté longtemps en couple, et mon amie m'a quitté il y a trois ans, comme ça, tout d'un coup. Elle a rencontré quelqu'un, et elle a décidé que c'était fini. Depuis, la plupart de nos amis communs se sont éloignés, et comme je n'ai pas de famille dans la région, je me retrouve seul. J'ai beaucoup travaillé les premiers temps, sans doute pour compenser, mais ensuite, je me suis rendu compte que ma vie devenait vide, de plus en plus vide. Alors j'ai voulu faire de nouvelles connaissances, et je n'ai rien trouvé de mieux que les sites de rencontre. Et c'est vrai que j'ai eu rapidement beaucoup de contacts, un nombre impressionnant, vraiment. Malheureusement, cette femme, qui me semblait sérieuse, n'est pas venue à notre premier rendez-vous. Vous voyez, nos histoires se ressemblent vraiment. Si ce n'est qu'elle ne s'est pas suicidée, elle. Du moins, j'espère.

— Vous n'avez pas de nouvelles ?

— Non, aucune. Elle ne répond plus à mes messages.

Enfin engagée dans une conversation plus naturelle qu'un entretien à sens unique, Lorraine se sentait beaucoup plus détendue. Puisqu'ils pouvaient s'exprimer chacun leur tour, elle prenait plaisir à écouter l'histoire de cet homme, qui, malgré son métier, souffrait comme elle d'une situation subie.

— Au fait, je crois que vous connaissez mon amie, Claire François. C'est elle qui m'a donné vos coordonnées.

— Ce nom me dit vaguement quelque chose.

— Ah mais non, c'est vrai ! C'est sa sœur qui vous a consulté, il y a trois ans environ. Elle était très satisfaite de sa thérapie.

— Tant mieux, tant mieux. Je ne me souviens plus bien.

— Etes-vous spécialisé dans la solitude ?

— Pas vraiment, j'ai une formation généraliste, mais il faut reconnaître que dans les villes, beaucoup de gens semblent souffrir de ce mal.

Je crois que cela doit représenter environ quarante pour cent des motifs de consultation ici, alors, par la force des choses …

— Et que recommandez-vous ? Quel est le secret ?

— Vous ne voulez pas suivre la thérapie, mais vous voulez connaître le secret ! Ahah ! Ça ne fonctionne pas comme ça, ce serait trop facile.

— Et comment cela fonctionne-t-il ?

— Il n'y a pas de « secret », chaque cas est particulier. Le sentiment de solitude est un vaste sujet, sur lequel chacun a un ressenti différent. La thérapie consiste à mener le patient sur un chemin qui va lui permettre de trouver lui-même la solution qui lui correspond. C'est le fait d'être guidé par un tiers, étranger à sa propre vie, qui aide à progresser. Nous avons des outils, mais pas de recette miracle.

— Et donc, vous-même, vous voyez un thérapeute ?

— Non, je ne me suis pas encore décidé. Je ne pensais pas que ma situation durerait si longtemps, et puis, je n'ai pas le temps, je travaille six jours sur sept, dix heures par jour, ce qui est un bon dérivatif. Du moins, jusqu'à un certain point. D'ailleurs, je voudrais vous proposer quelque chose, Lorraine. C'est peut-être prématuré, mais je crois que les premières impressions sont toujours les bonnes, et vous me faites très bonne impression.

— Oui ?

— J'anime tous les samedis matin un atelier bénévole sur la solitude. Le groupe est constitué de sept patients, des volontaires. Cela vous dirait-il de m'assister ? Je cherche un non-professionnel, mais quelqu'un qui ait du vécu.

— Oh ! … Je ne sais pas quoi dire, je dois réfléchir. Mon rôle consisterait en quoi ?

— Eh bien, vous seriez en quelque sorte la confidente, la grande sœur, car mon rôle de docteur ne me permet pas une proximité de ce type et l'atelier manque de chaleur. Je pense que vous seriez parfaite, si j'en crois mon analyse de votre personnalité.

— Vous ne me connaissez pas beaucoup.

— C'est vrai, mais c'est mon intuition qui me guide. Que diriez-vous de faire un essai ?

CHAPITRE 5

Il se faisait tard, et la faim commençait à tirailler l'estomac de Lorraine. Le café des Fleurs proposait un menu tout simple, pour le soir. C'était une cuisine familiale, mais avec tout de même une particularité, puisque Dany, qui faisait office de cuistot, agrémentait toutes ses recettes par l'introduction de fleurs dans ses préparations.

— Que diriez-vous de dîner ici, Alban ?
— Pourquoi pas ? Je n'ai pas d'autre rendez-vous ce soir.

Le gratin de poisson aux violettes était tout à fait correct, et la conversation se poursuivit simplement, sur toute sorte de sujets comme la cuisine, les voyages, la musique et le cinéma. Lorsqu'ils s'aperçurent qu'ils étaient seuls dans la salle, il était déjà vingt-deux heures.

— Il est temps de rentrer. J'imagine que comme moi, vous commencez tôt, demain matin.
— A huit heures, oui.
— Pourrez-vous me donner votre réponse, pour l'atelier ?
— Bien sûr, je vous rappelle dans la journée.
— Si vous êtes partante, nous pourrons commencer ce samedi. Cela nous laisserait un peu de temps pour nous préparer.

Ils se quittèrent dans la rue devant le café, après s'être serré la main. Décidément, la soirée avait été un vrai bonheur, et il y avait longtemps que Lorraine ne s'était pas sentie aussi bien. Alors qu'elle se dirigeait vers son appartement, à quelques rues de là, elle se dit qu'Alban était décidément charmant, et passionnant. Et voilà qu'il lui proposait même de travailler avec lui ! Bénévolement, certes, mais ce n'était pas un problème. Cela pouvait peut-être même l'aider à progresser elle-même, tout en aidant les autres. Une solution idéale, en quelque sorte. Le seul doute concernait sa capacité à remplir la mission qu'Alban voulait lui confier. Elle n'avait jamais fait cela, et ne se sentait pas légitime pour soutenir des personnes qui pouvaient souffrir de situations sans doute parfois très complexes et délicates. Et si elle faisait des bêtises ? Sans doute Alban serait-il très attentif, mais tout de même … Il fallait bien réfléchir. Elle demanderait son avis à Claire, elle avait promis de l'appeler de toute façon pour lui raconter son rendez-vous. Pour le moment, elle pouvait continuer à rêver en repensant à cette soirée pleine de surprises. Si elle s'attendait, lorsqu'elle s'était décidée à composer le numéro du docteur, à une telle rencontre ! Bien sûr, cela ne signifiait pas que la suite allait se dérouler de la même façon, mais tout de même ! Il n'était pas si fréquent d'avoir des échanges aussi francs avec une personne que l'on ne connaît pas. Etait-ce le signe d'une relation exceptionnelle à venir ? Elle n'osait pas imaginer une aventure amoureuse avec Alban, mais qui pouvait savoir ? Pour l'instant, leur entente prenait une tournure presque professionnelle, ce qui impliquait une certaine retenue. Ni l'un ni l'autre n'avaient d'ailleurs songé à se tutoyer.

Dès le lendemain matin, avant de partir au travail, elle téléphona à son amie.

— Claire ? Tu ne devineras jamais !

— Tu as vu le psychologue ?

— Ah oui, je l'ai vu ! Nous avons même dîné ensemble !

— Quoi ?

Lorraine expliqua à son amie le déroulement de cette soirée mémorable. Claire n'en revenait pas qu'elle ait renoncé à engager sa thérapie sérieusement, se privant ainsi d'une chance d'aller mieux.

— Mais c'est beaucoup plus intéressant que ça ! Il me propose de l'assister, je pense que je vais accepter.

— Tu n'y connais rien en médecine ! Tu t'occupes du personnel dans une entreprise financière, aucun rapport !

— Peut-être, mais il dit que je dispose d'une écoute et d'une sensibilité qui correspondent à ce qu'il recherche.

— Ce n'est pas faux, tu as une sorte de don naturel, d'accord. Mais tout de même ! Et puis, si lui-même a des problèmes, il n'est peut-être plus si recommandable que ça. Il te drague ? Je ne vois pas d'autre explication.

— Non, je ne crois pas. Enfin, je ne sais pas. Ne t'inquiète pas, je vais faire un essai, et si cela ne me convient pas, j'arrête.

Claire semblait perplexe. Elle paraissait même douter des compétences d'Alban, alors qu'elle en avait elle-même vanté les mérites à Lorraine. Comme d'habitude, elle se comportait en mère protectrice avec son amie, comme si celle-ci était l'un de ses enfants. Mais après tout, quel risque prenait Lorraine à faire un test ? Elle laissa passer la journée pour prendre un peu de distance sur tout cela, et vers dix-huit heures, avant de quitter le bureau, se décida à rappeler le médecin. A présent, elle était sûre d'elle.

— Alban ? C'est Lorraine, j'ai réfléchi à votre proposition.
— Je vous écoute.
— J'accepte de faire un test.
— Bravo ! C'est parfait, nous allons bien nous préparer, vous verrez, je suis sûr que cela se passera bien.
— Comment allons-nous faire ?
— Nous devons nous voir autant de fois que possible avant samedi. L'atelier est à dix heures le matin. Que diriez-vous de nous retrouver ce soir au café des Fleurs, comme hier ?

— Très bonne idée. Sept heures ?

— Parfait, j'y serai. A tout à l'heure.

Lorsqu'ils entrèrent ensemble au café, en bas de chez Alban, les deux propriétaires, Emilie et Dany, en les voyant, échangèrent un sourire de complicité. Evidemment, un second rendez-vous en deux jours, en couple, dans ce lieu intimiste, ne pouvait que faire naître chez eux une présomption d'aventure amoureuse. Lorraine se demanda s'ils savaient que leur voisin était seul. Alban sembla lire dans ses pensées.

— Ils doivent imaginer que nous sommes ensemble. Ils ne savent pas que je suis seul, car je viens parfois avec une amie, ou en coup de vent, entre deux patients. Ils ne peuvent pas se douter, à cause de mon métier. On pense toujours que quelqu'un qui soigne le moral des autres n'a pas de problème avec le sien, mais ça n'a rien à voir. D'ailleurs, les membres du groupe de samedi ne savent pas non plus. J'ai toujours évité de parler de ma vie personnelle à mes patients.

— Je comprends, cela me semble évident. Et moi, devrai-je me présenter ?

— Votre rôle étant différent du mien, vous pourrez parler de vous autant que vous le jugez nécessaire pour les mettre en confiance. C'est vous qui déciderez. Ils sentiront rapidement si vous les comprenez ou pas, de toute façon. Un petit verre de blanc ?

— Avec plaisir.

— Alors allons-y. Je vous ai apporté le film de la dernière séance. J'ai pris l'habitude de filmer tous les ateliers depuis le début de ce projet, il y a un mois à peine, avec l'accord des patients, bien sûr. C'est comme cela, en visionnant les séances chez moi, que je me suis rendu compte qu'il manquait de la chaleur, une présence bienveillante et encourageante. Venez à côté de moi, je vais vous montrer, et je vous présenterai les participants.

Lorraine, qui était assise en face de lui, se plia bien volontiers à son invitation et le rejoignit sur la banquette. Elle constata, malgré une certaine réserve de principe, qu'elle avait plaisir à se rapprocher de cet homme. Après tout, ils étaient célibataires tous les deux, et malgré la petite différence d'âge en sa défaveur, elle se sentait bien avec lui. Il lui fallut faire un petit effort de concentration pour se détacher de cette douce sensation et se concentrer sur le film.

Le visionnage dura un peu plus d'une heure, pendant laquelle ils suivaient tous deux côte à côte l'image du caméscope, tout en sirotant leur verre de vin. L'atelier se déroulait dans une jolie salle, attenante au cabinet du docteur. Décorée sommairement, dans un style similaire à ce dernier, elle semblait lumineuse, avec des murs de pierre et de brique, un sol parqueté, et du mobilier de bois blond simple et confortable. Les sept participants, dont cinq femmes, étaient tous d'âge différent, entre une petite trentaine à peine, et la soixantaine. Pour commencer, ils se saluèrent tous. Certains s'embrassèrent, et d'autres se serrèrent la main. Puis ils se regroupèrent, avec le médecin, autour de la cafetière et se servirent une tasse en discutant, comme on peut le faire au travail. Ils avaient l'air assez heureux de se retrouver là, et Lorraine pensa que dans leur situation, c'était déjà une occasion de casser la monotonie d'un long week-end de solitude. Puis le docteur, vêtu comme tous les jours, sans signe distinctif, les invita à s'asseoir autour de la table. Ils prirent place comme bon leur semblait. Il annonça le thème de travail du jour, qu'il écrivit sur un tableau mural ; la gestion de crise. Les choses commençaient à devenir sérieuses, et les membres changèrent d'attitude, plus sérieux et attentifs à ce qui allait se dire. Le docteur expliqua ce qu'il entendait par *gestion de crise*.

— Vous souvenez-vous de la dernière fois où vous
avez ressenti fortement la solitude ?

Certains membres acquiescèrent avec force, le visage
grave. Le docteur donna la parole à une femme d'une
quarantaine d'année, Isabelle, qui semblait
particulièrement concernée. Elle était jolie et
soignée, plutôt petite, sans signe particulier.

— C'était avant-hier, lorsque je suis rentrée du
travail, vers quatorze heures.
— Vous pouvez nous raconter, Isabelle ? Que
s'est-il passé ?
— La journée s'était bien passée, je travaillais du
matin. Lorsque je suis arrivée chez moi, je me
suis rendu compte que je n'avais pas sommeil,
et que le vide de mon appartement me tombait
dessus une fois de plus. J'avais envie de sortir,
de voir du monde. J'ai appelé une amie, mais
elle n'était pas disponible. J'ai pris mon sac et
mon manteau et je suis sortie, sans but précis.
Dehors, il y avait des gens, mais personne que
je connaisse. J'ai marché jusqu'au centre-ville,
je suis entrée dans un magasin, j'ai fait le tour,
en regardant les autres clients, qui avaient l'air
pressés, ou très occupés. Je n'ai pas osé parler à
qui que ce soit, qu'est-ce que je leur aurais dit ?

En ressortant, j'ai vu des gens en terrasse, qui étaient tous accompagnés. Je ne voulais pas m'asseoir à une table. J'avais l'impression que tout le monde me regardait déjà, en se disant : « La pauvre, elle est toute seule. Elle doit avoir un problème. » Alors je suis rentrée. Chez moi, j'ai arrosé quelques plantes, repassé du linge, mais je me sentais très mal, parce que ce n'est pas du tout ce dont j'avais envie. Je repensais aux autres gens que j'avais croisés ; ils avaient tellement de chance d'être en groupe, en couple, de rire, de se distraire. J'aurais donné n'importe quoi pour que quelqu'un vienne sonner à ma porte et me propose d'aller prendre un verre, ou simplement marcher en discutant. Mais personne ne venait. Je sentais que l'angoisse me prenait, je n'en pouvais plus. Je suis sortie doucement sur le palier, et j'ai avancé jusque devant la porte du voisin, sans faire de bruit. C'est un jeune homme qui reçoit parfois des amis, et je pouvais entendre des voix chez lui, et quelques rires. Ils devaient être bien, tous ensemble. Je voulais frapper à la porte, peut-être qu'ils m'auraient invitée à les rejoindre, ne serait-ce que pour un moment ? Mais je me suis reprise, pourquoi feraient-ils ça ? Nous ne nous connaissons presque pas, nous n'avons pas le même âge, c'était ridicule, et même humiliant. Je suis restée là quelques minutes, derrière leur porte, à les écouter pour me donner l'impression de ne pas être seule, pour avoir l'illusion d'être en leur compagnie. Si l'on m'avait vue, on m'aurait sans doute demandé si je n'étais pas folle. Puis, je suis rentrée.

— Qu'avez-vous ressenti ?

— J'avais honte. Je me sentais nulle, inintéressante, j'avais envie de disparaître, de partir très loin. Et puis, je sentais mon corps tendu, j'avais mal, je crois vraiment que je souffrais physiquement. J'aurais voulu pouvoir laisser mon corps, et m'envoler, ailleurs. Je n'avais plus envie de rien. Voilà. Le temps passe tellement lentement, lorsqu'on est seul.

Elle avait terminé de parler, mais le docteur laissa passer quelques secondes, le temps de dissiper en partie l'émotion, presque palpable dans la salle.

— Merci, Isabelle, témoignage courageux. Quelqu'un d'autre veut témoigner ?

Les participants étaient tous en train de regarder la table, devant eux, et pendant qu'Isabelle parlait, ils hochaient la tête et acquiesçaient de temps en temps, comme s'ils ne la comprenaient que trop. Lorraine aussi, voyait parfaitement ce que cette femme voulait dire. Elle avait déjà vécu la même chose.

Ce fut un homme d'un certain âge, qui leva la main. Le docteur le pria de parler.

— Allez-y, Pierre, nous vous écoutons.
— C'était dimanche dernier. Je déteste les dimanches. Lorsque j'avais encore mon travail, j'attendais ce jour-là avec impatience, pour faire tout ce que je n'avais jamais le temps de faire la semaine. Prendre mon temps pour le petit déjeuner, lire mon journal, faire une promenade avec ma femme, ou simplement regarder le sport à la télévision, me reposer. Mais depuis que j'ai été licencié et que ma femme est morte, tout cela, je peux le faire tous les jours, et malheureusement, sans elle, ça n'a plus le même goût. Je me suis levé le plus tard possible, pour raccourcir la journée. J'ai préparé mon déjeuner, et une fois fini, je ne savais plus comment m'occuper. Je n'avais rien à faire, j'avais déjà fait tout le ménage, le linge, et même mon repas de midi m'attendait car j'avais des restes de la veille. Personne à appeler, je me sentais inutile, perdu dans un ennui profond. Cette journée qui se profilait

devant moi me semblait tellement longue, je ne voyais pas comment j'allais pouvoir supporter de rester comme ça, sans but ni occupation. J'ai pleuré, je l'avoue, et je me suis recouché, en espérant me rendormir et ne me réveiller que le lendemain. Mes enfants habitent loin, mes amis sont en famille le dimanche, qui aller voir ? Cette journée a été horrible. C'est seulement vers dix-sept heures que je me suis senti un peu mieux, et que j'ai eu envie d'aller me promener. Je suis entré dans un café, et j'y ai retrouvé un voisin, au bar. J'ai pris quelques verres avec lui, et je me suis senti mieux car nous avons discuté, même si c'étaient des banalités. Enfin, j'avais quelqu'un à qui parler ! Je suis inscrit sur un site spécialisé depuis plusieurs mois, mais je n'ai jamais fait de rencontre intéressante. D'ailleurs, je trouve étonnant de devoir m'isoler devant un ordinateur pour rencontrer quelqu'un, au lieu d'aller là où sont les gens pour de vrai ! C'est un non-sens, non ? Moi, quand je veux manger une pizza, j'ai envie d'aller au restaurant, pas d'appeler quelqu'un qui va juste me la livrer et repartir. Et puis on dirait que les gens qui sont inscrits sur internet ne sont pas de vraies gens, comme ceux qui habitent mon immeuble ou qui travaillent dans la boulangerie ou la boucherie de mon quartier. Ils ont quelque chose de différent, ils peuvent disparaître à tout moment, c'est déroutant. J'ai eu des contacts avec des femmes qui avaient l'air gentilles, douces, avec lesquelles j'ai échangé des dizaines de messages, mais certaines n'ont plus donné signe de vie tout d'un coup, sans prévenir. D'autres voulaient que je les invite au restaurant, au cinéma, en voyage ! Et d'autres encore m'ont demandé de les épouser, sans même m'avoir rencontré. Alors je préfère rester seul. J'ai peur, cependant, de devenir alcoolique, comme l'était mon père, si je ne retrouve pas de travail. Sans compter que mes revenus ont beaucoup diminué, et que je risque de me retrouver sans ressources, alors que je gagnais très bien ma vie lorsque j'étais commercial.

CHAPITRE 6

L'atelier se poursuivit avec d'autres témoignages, toujours dans l'écoute et la bienveillance. Puis le docteur remercia les participants et rejoignit son tableau pour reprendre le fil de la session.

— Toutes les situations que vous venez de décrire, Isabelle, Pierre, Mathilde, France, et Pauline, sont des situations de crise. Cependant, pensez-vous que les causes soient toutes similaires ? Voyez-vous une différence, par exemple, entre le cas d'Isabelle, et celui de Pierre ?

Les membres du groupe s'interrogèrent en silence. Que voulait dire le docteur ? Soudain, Isabelle leva la main. Il lui donna la parole.

— Pierre a l'air de s'ennuyer, de ne pas savoir comment s'occuper. Il souffre d'être seul, mais surtout, de l'ennui. Moi, je sais m'occuper. J'ai plein de choses à faire chez moi, je dois repeindre mon salon, je tricote, je fais de la pâtisserie. Mais si je n'ai personne avec qui partager tout ça, personne avec qui échanger mes idées et mes impressions, personne qui a des centres d'intérêt communs avec moi, je me sens seule. Je suis occupée, mais je souffre d'être seule.

— Vous avez raison, Isabelle, il ne faut pas confondre l'ennui et la solitude, qui sont deux sentiments différents. Toutefois, la solitude peut engendrer l'ennui. Je pense que c'est ce que Pierre vit au quotidien. Qui d'autre peut nous dire s'il souffre d'ennui, ou de solitude ? José ?

— Moi, je ne suis quasiment jamais seul, sauf pour dormir. Le reste du temps, je suis dans mon taxi, je transporte des gens toute la journée, alors, je ne peux pas dire que je suis seul car il y a des gens avec moi, et je ne m'ennuie pas non plus. J'aime beaucoup mon travail, j'ai toujours voulu être taxi, mais à côté de ça, je rêve d'avoir quelqu'un avec qui je pourrais faire des choses qui m'intéressent, d'autres choses. Quand je rentre, je suis fatigué, je ne parle presque pas, et de toute façon, ma femme et moi, on n'a plus rien à se dire, on n'a pas les mêmes idées, et on dort séparemment. Mes enfants, ce sont presque des étrangers pour moi, je ne les vois pas beaucoup. Je dors, et dès que je suis réveillé, je repars dans mon taxi. Pourtant, je ressens la solitude, comme la décrivait Isabelle, tout à l'heure. Mes clients, ce ne sont pas des gens à qui je peux me confier ou parler de moi, c'est bonjour-au revoir, où voulez-vous aller, le temps qu'il fait, des choses comme ça. J'ai des amis, principalement d'autres chauffeurs de taxi, mais ils ont leur vie, leurs problèmes, et pas forcément envie de m'écouter. Parfois, je me dis que je suis vraiment inexistant, puisque personne ne s'intéresse à moi. Je ne sais pas si je me suis déjà retrouvé en situation de crise, mais ce sentiment, je l'ai tout le temps. Sauf ici, peut-être.

Le docteur reprit la parole.

— Je vais vous proposer un jeu. Chacun va me dire quel était le rêve de sa vie, le plus grand rêve, qu'il n'a pas encore atteint. Je vous laisse quelques minutes pour l'écrire sur un papier, devant vous. Repensez s'il le faut à votre enfance, ou à toute autre période de votre vie, mais exprimez votre rêve, ce que vous rêv(i)ez de faire ou de devenir, même s'il y a longtemps que vous n'y avez plus pensé, même si vous l'aviez presque oublié. Réfléchissez bien, il faut que ce soit le plus important pour vous, le plus merveilleux.

Chacun se mit à cogiter, et si certains écrivirent assez vite quelque chose, d'autres semblaient totalement bloqués.

— Pas de rêve, Mathilde ? Anne ? Cherchez bien, ce que vous aimeriez le plus au monde réaliser ou devenir. Ecrivez quelque chose.

Les deux femmes finirent par noter leur idée sur le papier, avec hésitation.

— Très bien, nous allons maintenant rassembler ces rêves, et je vais les lire à haute voix, sans dire de qui ils sont.

Le docteur prit toutes les feuilles, et les mit dans un petit récipient de verre. Puis il les montra aux participants, comme si c'était un bien précieux, une sorte de trésor. Il posa ensuite le récipient sur la table, et piocha dedans un papier après l'autre.

— Voici vos rêves. Je lis : avoir un salon de coiffure, devenir bibliothécaire, posséder un bateau, vivre dans le sud, retaper une vieille ferme, chanter en public, apprendre la mécanique. Je les note sur le tableau. Bravo pour votre participation, et pour tous ces beaux projets. A présent, pouvez-vous réfléchir à la chose suivante ; qu'est la solitude, par rapport à mon rêve ? Que représente-t-elle ? Est-elle un frein, a-t-elle un lien, même lointain ?

Les membres du groupe se mirent à nouveau à réfléchir, avec beaucoup de sérieux. Mathilde, une femme d'une soixantaine d'années, prit la parole.

— Je ne pense pas que la solitude nous empêche de réaliser notre rêve, ce serait malhonnête de tout mettre sur son dos. C'est plutôt nous-même, par manque de confiance en nous, par peur, par paresse aussi. J'ai un peu honte de dire cela, je me déçois moi-même. J'ai toujours voulu ouvrir mon propre salon, et pourtant, je me suis laissée entraîner par la vie, le quotidien, et je suis restée simple coiffeuse toute ma vie. Maintenant, je vais être à la retraite, mon mari est mort, et je me sens seule. Moi aussi, je me suis inscrite dernièrement sur un site de rencontres, comme ça se fait maintenant, mais je n'y crois pas trop, je suis sceptique. A chaque fois que ça prend une tournure un peu plus sérieuse, finalement, ça ne fonctionne pas. Les hommes ne se décident pas à passer le cap de la vraie rencontre, on dirait qu'ils ont peur. Et puis certains ont l'air d'être seulement intéressés par des rencontres d'un soir. Je ne crois plus à grand-chose. Et pourtant, ce rêve, j'aurais tout donné pour le réaliser, lorsque j'avais trente ans.

Le docteur Duval semblait satisfait de cette intervention. Il remercia les participants et leur fixa un nouveau rendez-vous au samedi suivant, en leur demandant de continuer à réfléchir, comme

Mathilde, à leur rêve. Ils verraient alors ensemble comment surmonter une situation de crise de solitude. Chacun se salua ou s'embrassa, et quitta l'atelier en discutant et en remerciant le médecin.

Celui-ci arrêta le caméscope et se tourna alors vers Lorraine, qui reprenait sa place en face de lui, car on lui avait servi le plat du soir du café des Fleurs ; une quiche au brocoli et à la fleur de courgette. Dans son chemisier orangé décolleté et sa veste en cuir brun, elle était ravissante et semblait émue.

— Alors, Lorraine ? Qu'en pensez-vous ?

— J'ai l'impression que ce groupe baigne dans une bienveillance rare. Tous ces gens ont l'air très malheureux, et en même temps, ils prennent soin les uns des autres, ils sont attachants. Je me retrouve tout à fait dans leurs propos.

— N'est-ce pas ? Attention cependant, certains, sans que cela se voie à l'image, sont proches du désespoir. Vous le ressentirez certainement, samedi. Et puis la séance que nous avons visionnée était seulement la troisième, et je ne sais pas comment vont évoluer les relations entre les participants.

— Comment le groupe a-t-il été formé ? Les avez-vous sélectionnés ?

— Non, pas du tout. J'ai parlé de ce projet d'atelier à tous mes patients, du moins ceux que je suis régulièrement en consultation, et pour lesquels je suis optimiste quant à leur capacité à reprendre le dessus, et sept d'entre eux ont confirmé leur intérêt. Certains avaient dit oui d'abord, puis ils ont renoncé. D'autres ne voulaient pas faire l'expérience, ils n'ont pas envie de parler devant les autres. C'est tout à fait compréhensible.

— Je ne savais pas qu'une personne aussi jeune que Pauline pouvait être victime de la solitude. Comment est-ce possible ?

— Même les enfants peuvent souffrir de solitude. Pauline est timide. En même temps, elle rêve de chanter en public. Les artistes sont souvent timides, et se révèlent sur scène. Mais elle est bloquée par ses peurs, et se renferme en réaction. Elle a un travail, des amis, mais elle souffre de vivre seule. Sa famille vit loin d'ici.

— Votre méthode semble fondée sur l'acceptation de la solitude, et les solutions pour vivre avec. Cela m'a frappée, car vous ne cherchez pas à briser ce sentiment pourtant presque assassin. Vous voulez que ces personnes apprennent à l'apprivoiser ?

— C'est un peu ça. En tout cas, je ne cherche pas à les mettre en couple, je ne dirige pas un club de rencontre, je ne vais pas leur apprendre comment faire des connaissances. Ce n'est pas ce qu'ils attendent de moi, ils sont adultes, ils savent cela. Ils ne parviennent pas à sortir de leur sentiment de solitude parce qu'ils restent accrochés à elle comme si c'était un rempart à l'échec, à la souffrance, à la déception des autres ou de soi-même, la déception de ne pas s'être encore réalisé, entre autres. Ils ne pensent qu'à cette solitude, ne parlent que de ça, au lieu de déplacer leurs centres d'intérêt vers ce qui les ferait vivre leur vie pleinement. Mon objectif est de les faire revenir sur un ou des projets personnels, qui vont les « réveiller », et le reste suivra.

— Mais vous n'avez pas peur qu'en prenant conscience, en quelque sorte, de l'échec de ne pas avoir atteint leur objectif, ils dépriment encore plus ?

— Ce n'est pas de subir un échec, qui induit une déprime, c'est de se complaire dans ce sentiment de dévalorisation de soi-même. La solitude, elle, peut être justement l'occasion de se retrouver, et de reprendre les rênes de sa vie.

— Je comprends. Mais vous-même, alors ? Quel était votre rêve ?

— Je vous le dirai un jour, Lorraine, mais pour l'instant, je suis toujours le docteur de l'histoire, alors c'est un peu déplacé.

— Toujours cette distance, je vois. Eh bien, comme je ne suis pas rancunière, je vais vous dire le mien. J'ai toujours rêvé de voler en montgolfière ! Faire le tour du monde en montgolfière, au gré du vent !
— C'est un très joli rêve, il faut vous concentrer sur ce projet.

Les assiettes étaient vides, mais ils n'en avaient pas encore terminé avec la préparation de l'atelier du samedi suivant. Il leur fallait définir précisément le rôle de Lorraine dans ce cadre.

— Voici ce que je vous propose pour cette première séance. Je vais vous présenter comme mon assistante, sans donner trop de détails. Si l'on vous pose des questions, ne cachez rien, dites la vérité. Et vous serez là pour aider les patients à s'exprimer. Lorsque je lance un sujet, que je demande une participation, vous observez les membres du groupe, passez les voir individuellement, et, si vous sentez qu'ils ont du mal à faire sortir les mots, les mettez en confiance pour les aider. De cette façon, je pourrai me concentrer sur mon programme, et nous perdrons moins de temps. Ensuite, nous ferons évoluer votre rôle selon les besoins. Cela vous convient ?

— Ça me paraît faisable. Je fais déjà ce genre de choses au travail, pour aider les collaborateurs à s'intégrer.

— Alors, c'est parfait. Pour les détails et l'organisation, que diriez-vous de nous retrouver demain soir, même endroit, même heure ? Vous me parlerez de votre histoire, et de cette rencontre manquée, avec l'homme du site internet.

— Avec plaisir, Alban.

Lorraine espérait vraiment que le docteur lui propose spontanément ce nouveau rendez-vous. Elle était donc enchantée. Cela signifiait qu'il croyait vraiment en elle, et en ses capacités. C'était plutôt rassurant, car elle-même n'était pas sûre d'être à la hauteur. Elle craignait en particulier de ne pas être acceptée par le groupe, si par malheur elle s'y prenait mal avec eux. Le fait qu'il veuille en savoir plus sur elle lui paraissait naturel, puisqu'ils étaient amenés à travailler ensemble. Et même si lui ne voulait pas se confier pour l'instant, elle pouvait le comprendre, car il devait avoir toujours en tête l'expérience de leur sortie au concert. Ses confidences sur sa situation personnelle avaient amené Lorraine à couper court à leur première séance de thérapie. Il n'avait certainement pas envie que cela se reproduise.

Elle quitta Alban pleine d'espoir et d'excitation. Elle avait hâte de commencer, d'être à samedi, et en même temps, elle était stressée comme un jour d'examen ou lors d'une présentation importante d'un nouveau projet à son grand patron.

Alors qu'elle marchait en direction de chez elle, son téléphone sonna. C'était Claire.

— Alors, ma chérie ? Comment vas-tu ? Et ce travail bénévole ?
— Ça commence après-demain, mais tu ne vas pas y croire, c'est formidable, ce qui m'arrive !
— Tu es amoureuse !?
— Non ! Enfin, je ne sais pas, ce n'est pas vraiment ça. C'est Alban, il est vraiment intéressant, on s'est vu deux fois déjà, pour préparer l'atelier, et on a rendez-vous demain à nouveau. Tu sais, au café des Fleurs, on se retrouve le soir après le travail, et on dîne ensemble, il m'explique ce que j'aurai à faire, qui sont les gens du groupe … Ohlala ! Je suis tellement excitée !
— Je vois ça ! Eh bien, tant mieux, je préfère t'entendre comme ça, tu sais. Ça me fait plaisir, et tu as l'air d'apprécier sa compagnie.

— Oui, mais ne va pas t'imaginer des choses, il n'est pas du tout dans la séduction, ou très peu. Il est très professionnel.

— J'imagine, si tu le dis. Enfin, vous êtes seuls tous les deux, vous vous entendez bien apparemment, il te propose de passer du temps avec lui … reconnais que c'est plutôt un bon début !

— Il y avait longtemps que je n'avais pas rencontré quelqu'un avec qui je me sente aussi bien, c'est vrai. Mais je t'assure que pour l'instant, on ne parle que de l'atelier, il n'y a rien d'autre. Et toi ? Ça va ?

— Oh, Clarisse veut arrêter l'école, et Luc va devoir se faire opérer des dents de sagesse, c'est du travail, les gamins !

— Tu verras, quand ils seront partis, tu pleureras ! Quelle chance tu as, quarante ans, c'est le bel âge.

— Peut-être, si tu le dis ! Bon, si tu veux, viens manger samedi midi, tu me raconteras tout en détail.

— D'accord, avec plaisir !

CHAPITRE 7

— Dites-moi, docteur, quelles sont les erreurs à ne pas commettre, les pièges à éviter ?

Lorraine avait réfléchi toute la journée du vendredi, et lorsqu'elle retrouva Alban au café des Fleurs, elle avait besoin d'être rassurée. Elle n'avait pas l'habitude de se jeter dans une activité nouvelle sans se préparer longuement. Certes, elle avait déjà aidé une fois ou deux son amie Claire à animer des sessions de soutien scolaire pour des enfants défavorisés, mais ce n'était pas la même chose. Sa première question laissait deviner ses craintes.

— Tant que vous restez naturelle et bienveillante, il n'y aura pas de problème. Les patients ont besoin qu'on les comprenne, et qu'on ne les juge surtout pas. Nous ne donnons pas notre avis, nous écoutons et nous aidons à parler. Soyez comme au travail, votre rôle ne sera pas très différent.

— Très bien, je ferai de mon mieux.

— Ne vous inquiétez pas, si je vois qu'il y a un problème, nous en discuterons ensemble pendant une pause et nous corrigerons le tir. Parlez-moi de vous maintenant, Lorraine, qu'est-ce qui vous a amenée à vous inscrire sur un site de rencontres ?

— Oh, c'est tellement confus, tout ça. Je crois que j'étais au bout du rouleau. Je n'arrivais pas à faire connaissance avec de nouvelles personnes, j'avais écumé toutes les possibilités offertes par mon entourage habituel ; les amis, les amis des amis, les voisins, les collègues de bureau, les commerçants du quartier ! L'amour ne naît pas comme ça, juste parce qu'on le cherche. J'ai même l'impression que plus on le cherche, plus il se cache.

— C'est pourquoi il faut vivre sa vie, admettre cette période de solitude au lieu de vouloir la combattre, et essayer d'en profiter pour se recentrer sur ce qui compte pour nous. Certaines personnes au contraire, recherchent la solitude, parce qu'ils sont sans cesse sollicités, et ils aspirent en vain à disposer de moments pour se retrouver. C'est comme ça, l'équilibre n'est pas toujours parfait, tout au long de la vie. Ce qui est dommage, c'est de ne pas être préparé à l'éventualité de ces situations. Evidemment, à l'école, on ne nous apprend pas comment faire face à la solitude.

— Mais Alban, la solitude peut être une souffrance, une vraie souffrance. Avez-vous éprouvé cette douleur, qui vous transperce à l'intérieur, et vous fait vous sentir totalement inintéressant, inconsistant ? Votre patiente, Isabelle, l'a évoquée, cette douleur. A certains moments, je ressens tellement de haine pour cette solitude ! Quand mon mari est parti, il y a six ans, la première année, je me sentais presque bien, finis les disputes, les mensonges ! Mais depuis cinq ans, je dois vivre seule, m'endormir seule, me réveiller seule. J'en suis venue à lui parler, parfois, à cette solitude, comme si elle était une personne ! Cela m'aide à me sentir mieux. Je peux l'insulter, la haïr, je peux lui dire tout ce que je pense d'elle. Je la représente, je la dessine, comme une bête hideuse, sur un grand carton, et je lui enfonce des couteaux dans le cœur, dans la tête. Je tape autant que je peux, je tape, je tape. Je lui dis que je vais la tuer, qu'elle va souffrir autant que moi, et si je ne me retenais pas, je lui cracherais dessus. Vous voyez, je ne sais pas si je suis folle, mais vous comprenez pourquoi j'aurais fait n'importe quoi pour rencontrer quelqu'un. Et même si ma meilleure amie trouvait cette idée très mauvaise, oui, je me suis inscrite sur le site *Atout cœur*. J'ai commencé par consulter les fiches de dizaines et dizaines d'hommes, mais aucun ne m'attirait. Et lorsque ce Simon s'est présenté, il a tout de suite attiré mon attention. Il paraissait différent, délicat, réservé, il aimait les mêmes musiques que moi, les mêmes loisirs, les mêmes vins ! Je me suis dit qu'il pouvait me correspondre. Nous avons discuté par messagerie pendant plusieurs mois, et un jour, c'est moi qui lui ai proposé de nous rencontrer. Je savais que je prenais un risque, celui de ne pas lui plaire et de réduire à néant tout l'espoir que je sentais naître en moi. Mais il fallait bien faire le pas, se voir un jour, pour de vrai. Et voilà ! Le résultat a été encore pire que tout ce que je pouvais imaginer.

Alban était complètement happé par les paroles de Lorraine. Il avait déjà entendu ce type de discours, ces mêmes mots, un très grand nombre de fois, mais il ne pouvait s'empêcher d'être touché, et il savait qu'il n'y avait aucune exagération. D'autant que cette femme lui parlait dans un contexte différent, en dehors de son cabinet et de son rôle de médecin. Elle se livrait comme une amie sincère, sans prendre soin d'embellir son image. Si elle savait ; certains patients avaient même essayé de mettre fin à leur vie, poussés par cette souffrance répétée et de plus en plus profonde, et certains avaient réussi. Heureusement, elle n'avait pas du tout le profil d'une personne suicidaire, elle avait seulement besoin d'une écoute et d'une aide qui lui permettent de patienter jusqu'à ce qu'elle surmonte cette dramatique expérience avec Simon, qu'elle passe le cap, ou qu'elle rencontre enfin quelqu'un. C'était certainement une personne très sensible, mais aussi une belle femme, séduisante, charmante, et terriblement attachante. Elle devait attirer nombre d'hommes, mais sans doute était-elle, à juste titre, exigeante. Et pour une responsable des ressources humaines, elle n'avait pas l'air de s'être trop endurcie avec le temps et l'expérience. Tant mieux, c'était très appréciable.

Sans compter qu'il avait lui-même déjà ressenti ces émotions, une fois ou deux. Son travail le sauvait, car il côtoyait des gens qui se trouvaient parfois dans des situations bien plus graves que lui, et cela l'aidait à relativiser. Des gens malades, handicapés, des personnes sans éducation, abandonnées par leurs familles… et ceux-là refusaient d'ailleurs l'idée de participer à un atelier. Ils étaient déjà trop renfermés sur eux-mêmes pour accepter une rencontre régulière avec d'autres patients, avec qui ils devraient faire l'effort de se montrer sociables à heure fixe, chose dont ils avaient perdu l'habitude.

Le docteur connaissait ce site de rencontres entre célibataires, *Atout cœur*. Ce n'était pas celui sur lequel il avait fait la connaissance d'Hélène, la femme qu'il attendait le jour où Lorraine avait appelé, mais c'était le même genre. On s'inscrivait, on indiquait ses goûts, ses motivations, son âge et d'autres caractéristiques physiques, son métier, ses passions, son lieu de résidence, sa situation, des tas d'autres choses personnelles, et l'on pouvait, presque instantanément et contre paiement de plusieurs centaines d'euros, discuter avec des personnes qui avaient des centres d'intérêt communs. Si les échanges se passaient bien, alors on pouvait envisager de se rencontrer pour de vrai. Pourtant, Hélène n'était pas venue, malgré des discussions passionnées, des conversations poussées, enthousiastes. Que s'était-il passé soudain ? Avait-elle eu peur ? Avait-elle douté de leur compatibilité ? Les statistiques du site montraient qu'il fallait persévérer, puisqu'un pourcentage non négligeable de membres trouvaient l'âme sœur dans l'année qui suivait leur inscription. C'était à chacun de se faire son idée sur l'utilisation de ces services, et de décider ou pas, de poursuivre l'expérience.

— Je comprends tout à fait, Lorraine. C'est bien que vous soyez sensible et concernée. Pour l'atelier, je veux dire. Votre colère contre cette « bête hideuse », comme vous l'appelez, est très saine. Vous avez raison de l'exprimer. C'est une étape indispensable. Nous nous servirons peut-être de cette représentation en carton dont vous parlez, cela peut être très intéressant.
— Ah ? Vous croyez ?
— Mais oui, pourquoi pas ? Vous avez déjà parlé d'apprivoiser la solitude, n'est-ce pas ? Et si, contre toute logique, elle finissait par devenir une force ? Vous connaissez cette chanson de Moustaki ?
Pour avoir si souvent dormi,
Avec ma solitude,
Je m'en suis fait presque une amie,
Une douce habitude …
— C'est une chanson, ça, très jolie, mais juste une chanson. D'ailleurs, Bécaud a aussi chanté « *La solitude, ça n'existe pas* ». Alors, à ce compte-là …

— Je force un peu le trait, c'est vrai. Mais l'on progresse malheureusement plus souvent dans la difficulté que dans la facilité, c'est ainsi.

— Vous ne voulez toujours pas me dire ce que vous ressentez, vous ? Et quel est votre rêve ?

A ce moment-là, Emilie apporta les magrets de canard aux pétales de roses caramélisées, qu'elle présenta avec fierté.

— Le vendredi soir, nous proposons quelque chose d'un peu plus recherché, vous me direz ce que vous en pensez.

— Merveilleux, Emilie ! Ça a l'air fameux ! C'est donc ce qui explique l'affluence, ce soir.

La diversion permit à Alban d'éluder encore une fois la question. Ils dégustèrent le canard, et la discussion dévia sur des sujets différents, notamment la musique, qui semblait représenter un centre d'intérêt important pour Lorraine.

— J'aime beaucoup la variété, mais pas n'importe qui ; Véronique Sanson, Michel Berger, Alain Souchon, sont mes préférés. Je les écoute à longueur de temps, chez moi, dans la voiture, partout sauf au travail. Et vous ?

— J'aime aussi beaucoup Véronique Sanson. Je suis admiratif des artistes complets comme elle, qui savent à la fois écrire, composer, chanter, jouer du piano, quel talent !

— Tout à fait ! Et pourtant, combien de ces artistes sollicités et entourés en permanence ont avoué souffrir eux aussi de solitude ! C'est incroyable ! De tout temps, la solitude a blessé et tué.

Ils quittèrent le café assez tard, après avoir bien calé les horaires et le programme du lendemain matin. Alban se voulait, une fois de plus, rassurant.

— Vous serez parfaite, ne vous faites pas de souci. Et puis ce n'est qu'un test, ne l'oubliez pas. Vous êtes libre de continuer ou pas, après ce premier essai.

— Merci, Alban, pour vos encouragements. A demain !

Comme d'habitude, ils s'embrassèrent sur la joue, et se quittèrent devant le café. Lorraine regrettait un peu de s'être laissée emportée par ses émotions, et d'avoir parlé de façon aussi directe de ce qu'elle ressentait. C'était très impudique, mais finalement, le docteur avait réussi à lui faire dire aujourd'hui ce qu'il attendait d'elle dans son cabinet, lors de leur premier rendez-vous ; qu'elle mette ses propres mots sur cette douleur envahissante. Et d'ailleurs, cela lui avait fait beaucoup de bien.

Elle termina la soirée en choisissant sa tenue pour le lendemain matin. L'atelier commençait à dix heures, elle aurait le temps de faire une grasse matinée et de se préparer tranquillement, mais elle voulait être sûre de faire bonne impression. Pas question de porter quelque chose de trop guindé ou élégant, ce n'était pas du tout le lieu, même si le laisser-aller n'était pas non plus un bon exemple. Il fallait trouver la tenue qui lui permette d'être suffisamment effacée, et soignée en même temps, pour montrer son respect envers les participants, et son souhait de se mettre à leur service, tout en ne dénotant pas avec le docteur. Finalement, elle se décida pour une tunique toute simple mais à la coupe parfaite, et un jean brut, avec des bottines. Puis elle envoya un petit message à Claire, pour lui demander de lui souhaiter bonne chance, ce à quoi son amie lui répondit qu'elle l'attendait toujours pour déjeuner après l'atelier, et elle s'endormit assez rapidement.

Le lendemain, à neuf heures quinze, elle était prête. Elle pouvait même s'offrir une petite séance de respiration détente, avant de prendre le chemin du cabinet, où le docteur l'attendait pour dix heures moins dix. Ils prendraient un café ensemble, avant d'ouvrir l'atelier pour accueillir les patients. Lorsqu'il la vit, il s'exclama.

— Ah ! Bonjour, Lorraine, vous voilà ! Ravi de voir que vous n'avez pas changé d'avis.
— Bien sûr que non, même si je tremble comme une feuille.
— C'est bon signe, cela signifie que vous allez être à l'écoute, venez vous installer.

Il était vêtu comme d'habitude, et Lorraine pensa qu'ils allaient très bien ensemble. Mais elle n'était pas là pour le séduire, elle avait une mission. Dans la salle de l'atelier, tout était comme dans la vidéo, avec la table de bois blond, le grand tableau, le coin des boissons, la grande fenêtre qui laissait entrer toute la lumière du jour. On se sentait bien dans ce lieu presque intimiste, propice à la concentration et à la découverte.

— Je vous propose de vous installer ici, près de moi, sachant que vous serez plus souvent en mouvement dans la salle qu'assise à votre place. Vous pouvez inscrire votre nom sur le tableau, pour les présentations. Vous connaissez déjà les participants, n'hésitez pas à les appeler par leur prénom, ils apprécieront.

A dix heures pile, deux femmes membres du groupe, France et Pauline, apparurent à l'entrée de la salle, suivies par Pierre. Lorraine sentit monter encore en elle la tension, mais s'efforça de faire bonne figure. Puis ce fut le tour de José, Mathilde, et Anne. Il ne manquait plus qu'Isabelle. Déjà, tous se demandaient qui était cette femme avec le docteur, qui leur souriait et les saluait tous par leur prénom. Comment les connaissait-elle ? Le docteur décida de lever le mystère sans attendre la retardataire.

— Mesdames, messieurs, je vous présente Lorraine Lanoue. Elle m'assistera pour notre séance de ce matin. Elle connaît bien le sujet de notre atelier, et je souhaiterais que vous vous adressiez à elle en cas de question ou de blocage. Elle est là pour vous, vous pouvez vous confier à elle. Je vous remercie de l'accueillir chaleureusement. Ah ! Voici

Isabelle, bonjour et bienvenue, je vous présente Lorraine, qui sera mon assistante ! Nous pouvons commencer.

Une fois que chacun eut pris sa place, le docteur mit le caméscope en route, et démarra les activités.

Après une première demi-heure pendant laquelle Lorraine ne fit qu'écouter et observer, s'efforçant de suivre le rythme et de s'intégrer au paysage en affichant un sourire confiant et sincère, elle remarqua qu'Isabelle ne semblait pas au mieux de sa forme. Elle qui, dans les précédentes réunions, s'exprimait de façon libre et intense, se montrait plutôt renfermée. Peut-être était-il temps de s'approcher pour essayer d'en savoir un peu plus ?

    — Isabelle ? Vous voulez que nous travaillions ensemble sur la question posée ?
    — Si vous voulez.

Lorraine essaya d'apporter à cette femme un peu désabusée la chaleur et le réconfort dont elle semblait avoir besoin, suivant les indications du médecin. Pendant ce temps, d'autres membres du groupe s'exprimaient sur leur vision de la vie en couple. Petit à petit, Isabelle réussit à faire sortir ce qu'elle ressentait et expliqua à Lorraine qu'elle avait hésité à venir ce matin à l'atelier, parce qu'elle n'avait pas le moral, et pas très envie de se rendre présentable. Finalement, elle avait fait un effort et maintenant, elle voulait bien lui parler de son expérience.

— Je suis restée longtemps avec un militaire. D'ailleurs, je ne suis sortie qu'avec des militaires, car mon père était colonel, et j'ai grandi dans ce milieu. Je ne connais que ça, et je me sens perdue en dehors de cet état d'esprit. Lorsque nous avons rompu avec mon ami, je pensais que je pourrais rencontrer quelqu'un dans le civil, puisque je travaille comme chauffeur de car, dans une entreprise privée. Mais à chaque fois que je tombe sur un homme qui me plaît, ça ne fonctionne pas. Je ne sais pas, j'ai l'impression que les hommes ne sont pas fiables, pas honnêtes, pas droits. Ils mentent, ils exagèrent, ils ne respectent pas les règles. Moi, je ne comprends pas ça, ça ne me plaît pas, je ne peux pas le supporter, alors ça capote. Aujourd'hui, j'ai quarante-deux ans, toujours pas d'enfant, et je vois s'éloigner tout espoir. Rencontrer un homme devient une obsession, cela tourne à l'idée fixe. Le pire, c'est que ma famille ne me comprend pas du tout, et pense que j'exagère. Ils disent que j'ai un travail, une bonne santé, tout ce qu'il faut. Ils se moquent de moi lorsque je me plains d'être seule. Pour eux, c'est de ma faute, c'est moi qui suis trop compliquée. Je ne peux pas me confier à eux, je n'ai personne pour m'écouter et me comprendre, sauf ici.

Après ces confidences, Lorraine encouragea Isabelle à prendre la parole et à exprimer devant les autres ce qu'elle ressentait. Ce fut un effort supplémentaire, mais elle sembla heureuse de l'avoir fait.

A la fin de l'exercice, qui se révéla un peu éprouvant pour certains, Alban indiqua qu'il souhaitait soumettre une idée à tout le groupe, et demanda l'attention générale.

CHAPITRE 8

— Je souhaite vous faire une proposition à tous, afin de vous aider à surmonter ces fameuses périodes de mal-être, lorsque la solitude se fait ressentir. Je vous explique.

Les participants étaient tout ouïe, et Lorraine également. Après avoir soutenu et encouragé Isabelle, elle avait recueilli les confidences de Mathilde, qui, depuis la disparition de son mari, n'avait jamais voulu accepter de sortir avec un autre homme, car elle avait toujours l'impression de le trahir. Elle avait besoin de retrouver un peu de dynamisme. Qu'allait donc proposer Alban ? Elle n'était pas dans la confidence, puisqu'il lui avait expliqué vouloir privilégier sa spontanéité, plutôt que de lui indiquer d'avance le contenu des séances. Effectivement, elle aurait été tentée de préparer ses interventions, ce qui aurait induit un comportement peu naturel. Le docteur se plaça devant le tableau, et dessina sept points, qu'il relia ensuite en cercle.

> — Je note à présent le prénom de chacun d'entre vous au-dessus de chaque point ; Anne, Mathilde, José, France, Pierre, Isabelle, Pauline. Vous voilà tous représentés, comme un élément de ce cercle, dans l'ordre de votre disposition autour de la table aujourd'hui. Et chacun est relié à deux autres.
> — Il manque Lorraine, et vous, docteur !
> — Nous ? Bon, vous avez raison, nous allons nous ajouter, je redessine le cercle, alors.

Le docteur recommença son dessin, qui comptait donc dorénavant neuf points.

> — Je vous propose la chose suivante : cet atelier n'étant pas qu'un simple lieu de réflexions théoriques, prenons chacun un engagement fort auprès des autres membres. Cela induit que les

autres prendront aussi un engagement fort envers nous. Je m'explique. Chacun ici serait-il prêt à s'engager pour que les deux personnes qui sont reliées à lui sur ce schéma puissent, sur une simple demande par messagerie, compter sur lui en cas de crise ? Imaginez la situation : vous sentez monter en vous l'angoisse, vous envoyez un message à vos deux partenaires, l'un des deux au moins doit répondre dans le quart d'heure. Ensuite, il vous appelle et vous convenez ensemble de la façon dont il va vous aider à passer le cap : une simple discussion, une sortie, ou toute autre chose, selon les possibilités. Et si aucun des deux n'est disponible, la demande se décale sur les deux suivants sur le cercle, etc. …

Les patients écoutaient avec intérêt et ne tardèrent pas à réagir. Anne, habituellement très réservée, avait envie de s'exprimer.

— Je trouve l'idée excellente ! J'y pensais un peu, mais je n'aurais jamais osé en parler. Je ne sais pas si tout le monde est d'accord, et je ne voudrais pas importuner les autres avec mes problèmes.

— Nous sommes tous dans le même bateau ici,
Anne. Il s'agit de pouvoir compter les uns sur
les autres, tout simplement, pendant ce moment
de notre vie où ce n'est pas facile.

Le docteur utilisait le « on » de généralité, mais
Lorraine avait bien remarqué qu'il s'était ajouté de
bon cœur, avec elle, dans le cercle qu'il avait
dessiné. Et, connaissant sa situation, elle sentait bien
qu'il parlait pour lui aussi. Ce fut alors Pierre, qui
prit la parole.

— Tout à fait d'accord avec Anne. Nous ne
sommes pas ici seulement pour bavarder, même
si c'est agréable. Il faut aller plus loin, ce
groupe peut devenir un socle, un vrai soutien.
— Je suis d'accord aussi. D'ailleurs, rien que de
savoir qu'on peut compter les uns sur les autres,
je trouve que ça fait du bien.

Pauline, de son côté, ne semblait pas tout fait
convaincue. José paraissait également perplexe.

— Je ne sais pas. Je ne suis pas sûre que ce soit
une bonne idée. Nous avons déjà nos

problèmes, alors s'il faut s'occuper de ceux des autres…

— C'est vrai, je ne suis pas sûr non plus.

— Mais lorsqu'on nous appellera, on se sentira utile, au moins ! Et puis, en passant du temps avec celui qui est en crise, c'est aussi un moment où nous ne serons pas seuls.

— Peut-être, je ne sais pas.

Le docteur écoutait les remarques et semblait assez satisfait de voir autant de réactions. De son côté, Lorraine balayait du regard la tablée, pour vérifier que tout le monde participait. Elle s'adressa à José.

— Qu'en pensez-vous, José ?

— Je pense que nous devrions faire un essai. Si cela ne fonctionne pas, nous arrêterons.

La remarque étant jugée pertinente, les membres se rallièrent l'un après l'autre à la suggestion de José.

— Nous pourrons donc vous appeler aussi, Docteur ? Et Lorraine également ?

— Oui, nous sommes dans le cercle, nous faisons partie du groupe.

— Mais vous ne souffrez pas de solitude, vous !

— Peu importe, nous répondrons si besoin, n'est-ce pas, Lorraine ?

— Absolument. Et en ce qui me concerne, je suis dans le même cas que vous tous, donc j'aurai peut-être besoin de vous également.

— Je rappelle qu'il s'agit des situations de crise seulement. N'appelez pas si vous avez juste envie de discuter, mais que tout va bien. Sauf si vous vous êtes entendu avec l'un ou l'autre des participants avant, bien sûr. Mais cela ne me regarde pas, dans ce cas. Alors, nous pouvons valider ensemble ce principe, aujourd'hui même ?

Tous les membres acquiescèrent, et la proposition fut validée. Personne ne savait encore à quoi l'engageait exactement ce système d'entraide, mais ils pouvaient tous instinctivement imaginer l'effet positif de ce pacte. Et puis, c'était un essai, le docteur l'avait confirmé, et l'on pourrait donc revenir en arrière si besoin. Ils notèrent donc chacun avec qui ils étaient reliés directement, et s'échangèrent tous leurs coordonnées. A ce moment-là, Anne, la trentenaire timide, leva la main.

— Oui, Anne ?

— Je voudrais savoir quel est la place de notre rêve, dans tout cela ?

— Très bonne question, j'allais y venir. Lorsque vous traversez une période de crise et que vous décidez d'appeler votre contact, profitez-en pour orienter la discussion sur votre rêve. Expliquez-lui en quoi il consiste exactement, pourquoi ce rêve, ce qui vous manque pour l'accomplir, bref, relancez cette machine, qui doit vous emmener sur un chemin de plaisir, à partager avec quelqu'un qui pourra vous comprendre, et peut-être, avancer vers votre objectif ! C'est très important de vous connecter, à ce moment-là justement, à ce qui compte vraiment pour vous.

Le discours du docteur, positif, bienveillant, pouvait paraître un peu naïf, mais qu'est-ce que cela faisait du bien ! Après tout, il avait raison, cela ne coûtait rien d'y croire.

A la fin de cette séance riche en émotions, quelque chose avait changé. Les participants ne se saluèrent pas en se disant « *A samedi prochain* », mais en se disant « *Peut-être à bientôt* », ou « *Merci d'avance pour ton aide, même si j'espère ne pas en avoir besoin.* »

Lorraine, qui se posait toujours en observatrice, crut remarquer par ailleurs un certain rapprochement entre Pierre, le veuf ancien commercial au chômage, et Anne, la trentenaire divorcée et timide. Leur différence d'âge ne sautait pas aux yeux, car l'homme était plutôt bien conservé, et séduisant. Après tout, elle n'était sûre de rien, et cela ne la regardait pas. Il était inutile d'en parler à Alban.

Une fois tout le monde parti, elle se retrouva seule avec le docteur. Il s'approcha, et s'installa près d'elle, il était impatient de connaître ses impressions.

— Alors ? Comment avez-vous vécu cette première séance, Lorraine ?
— Oh ! Je crois que j'ai ressenti beaucoup d'émotions. Je suis toute chamboulée, je ne suis pas en mesure de vous donner mon impression maintenant, à chaud. C'était très touchant, très intime, pour tous ces gens …
— Je comprends, et que pensez-vous de ma proposition d'entraide ?
— Je suis convaincue. Je crois que cela paraît assez logique ; un atelier uniquement théorique rencontrerait rapidement ses limites. Il faut bien que les patients ressentent à un moment donné que tout cela a un impact sur leur vie. L'atelier ne peut pas être qu'une parenthèse dans leur

quotidien, une simple pause le samedi à heure fixe, même si elle est agréable. Il faut vraiment que quelque chose change pour eux, et je me sens tout à fait concernée aussi.

— J'aimerais beaucoup que nous puissions en parler ensemble, tranquillement. Et si nous allions déjeuner au café des Fleurs ?

— Je suis désolée, mon amie Claire m'attend ce midi. Mais …

— Oui ?

— Pourquoi pas ce soir ?

— Avec plaisir ! Rendez-vous à dix-neuf heures trente ?

— Parfait, à ce soir, Alban.

Décidément, Lorraine n'en revenait pas que le docteur la sollicite autant, et la considère comme une véritable collaboratrice. Elle n'avait pourtant pas fait grand-chose ce matin, mais peut-être envisageait-il une relation plus poussée …? Pourtant, elle n'avait pas remarqué une attirance particulière de sa part, juste un intérêt pour son avis, son ressenti à propos du groupe. Alors ? Tout en marchant vers l'arrêt de bus, pour se rendre chez Claire, elle repensa à tout ce qui s'était passé pendant ces deux heures intenses, et elle eut une idée. Cela pourrait être sympathique de donner un nom à cet atelier, plutôt que de garder ce terme vague et anonyme. On trouve des ateliers sur tout, maintenant ; cuisine, bricolage, composition florale … Par exemple, elle avait vu que la boutique du café des Fleurs en proposait un tous les lundis soir. Si de plus, les patients eux-mêmes décidaient de ce nom, ils se sentiraient vraiment impliqués, comme des fondateurs de leur groupe, et cela pourrait les responsabiliser encore plus les uns vis-à-vis des autres, et dans leurs engagements personnels. Elle proposerait cette idée à Alban, le soir au dîner.

Chez Claire, tout était comme d'habitude, parfait. Sa maison impeccablement entretenue, ses enfants bien sages, jusqu'au chien qui dormait dans son panier, tout était à sa place, et l'ensemble donnait une impression d'harmonie très reposante. Même son mari, Jérôme, paraissait détendu, lui qui travaillait dur et s'absentait souvent plusieurs jours d'affilée pour son travail. Ils s'étaient rencontrés à la fac, où Claire s'était inscrite en langues, alors que lui entamait un cursus de sciences économiques. Ils avaient tout de suite sympathisé, se croisant chaque jour au restaurant universitaire. Très rapidement cependant, Claire avait décidé d'abandonner les études. Cela ne lui convenait pas, elle se sentait attirée par la vie de famille, elle voulait des enfants, une maison, un mari, et n'avait pas d'ambition professionnelle. Tout cela lui paraissait trop difficile, trop laborieux. Elle ne venait plus que pour voir Jérôme, avec qui elle ne manquait pas une occasion de rapprochement, allant jusqu'à noter son emploi du temps pour pouvoir guetter ses allées et venues et le croiser le plus souvent possible sur le campus. Finalement, intrigué par cette jolie fille si entreprenante, il l'avait invitée à dîner dans son petit studio à deux pas de la fac. A partir de ce jour-là, ils ne s'étaient plus quittés. Lorsque Claire lui avait avoué ne plus assister aux cours depuis de nombreuses semaines, il avait d'abord été très surpris, et s'était montré résolument contre l'abandon des études de son amie. Mais elle avait réussi à le convaincre qu'elle lui serait beaucoup plus utile en l'épaulant pour tous les aspects d'intendance, et qu'ainsi, il n'aurait qu'à s'occuper de sa propre carrière. Depuis, ils filaient le parfait amour, avaient eu deux enfants, et vivaient heureux.

Avec Lorraine, elles s'étaient rencontrées sur le tard, un peu avant le divorce. Claire avait presque dix ans de moins, et elle donnait des cours de cuisine dans une association, deux fois par semaine. Lorraine s'était inscrite dans l'espoir de faire des progrès, et de gagner des atouts supplémentaires pour garder son mari, déjà en proie à des envies d'escapades extra-conjugales. Après avoir repris le sport et les rendez-vous réguliers chez le coiffeur, elle voulait s'attaquer à un autre monument : la nourriture et l'art culinaire, une des principales qualités qu'un homme pouvait apprécier chez sa femme. Il fallait donc le contenter sur ce point aussi, pour le conserver. Pourtant, cela n'avait pas suffi et il était parti quand même. A la suite de son départ, comme Lorraine ne venait plus aux cours de cuisine, Claire l'avait appelée pour savoir pourquoi, et elle s'était confiée à elle, lui expliquant qu'elle n'avait plus besoin de ces cours puisqu'elle était seule à présent. Claire avait insisté et elle était retournée à l'association pour une leçon sur la cuisson des poissons, sans grand enthousiasme. Mais la cuisinière émérite s'était montrée tellement gentille qu'elles avaient prolongé le cours toutes les deux devant un café, et avaient ainsi lié connaissance. Ensuite, elles s'étaient revues régulièrement et se ménageaient dès qu'elles le pouvaient un moment ensemble dans la semaine, ou le week-end lorsque les enfants et le mari de Claire étaient occupés. Elles connaissaient tout l'une de l'autre, ou presque, et s'entendaient très bien. Chacune faisait preuve d'attention et de compréhension en toute circonstance, malgré leurs différences flagrantes de personnalité et de style de vie. Même lorsqu'elles ne se comprenaient pas, elles ne se jugeaient pas, et se faisaient confiance.

Lorraine sonna chez son amie, le sourire aux lèvres, après s'être arrêtée chez un fleuriste pour acheter un bouquet de roses.

CHAPITRE 9

— Bonjour, Claire ! Je ne suis pas en retard ?

— Non, ça va, on a encore un peu de temps avant de passer à table, Jérôme finit de nettoyer sa voiture. Viens ! Oh, elles sont magnifiques, ces roses ! Merci ! Alors, cet atelier ?

— Eh bien, c'était vraiment très intéressant. Je vais tout te raconter, tu vas voir.

Lorraine essaya tant bien que mal de résumer ce qui s'était passé durant la séance, et ce qu'elle en avait pensé. Claire était impressionnée, elle trouvait que le thème était lourd, source d'angoisse, et difficile à traiter.

— Tu aimes vraiment te retrouver plongée dans une ambiance pareille le samedi ? En plus de ta propre situation, tu dois écouter celle des autres, de ces gens que tu ne connais pas.

— C'est vrai, mais être active me fait du bien, à moi aussi. Et puis, j'ai totalement confiance en Alban. Il est très professionnel, il sait ce qu'il fait.

— Je n'en doute pas. Alors, tu vas continuer ?

— Oui, j'en ai l'intention, et il me l'a demandé. Nous dînons ensemble, ce soir.

— Encore ? Mais dis-moi, tu es sûre qu'il ne t'a pas demandé plus que ça ?

— Non, je te le dirais. C'est étrange, c'est vrai. Il est adorable avec moi, mais il n'y a rien d'ambigu, crois-moi !

— Et tu préfèrerais qu'il y ait quelque chose ?

— Je ne sais pas, peut-être. C'est vrai qu'il me plaît. Pour l'instant, je me concentre sur mon rôle. Je veux vraiment apporter quelque chose à ce groupe, je me sens bien dans cet emploi, presque mieux qu'au travail. C'est différent, c'est la vraie vie, ces gens se confient à nous, nous ne pouvons pas les décevoir.

— Il y a tant de gens que ça qui sont seuls ?

— Il y a beaucoup de gens qui souffrent de solitude. Mais parfois, ce sont des gens mariés, ou très entourés. Simplement, ils se sentent en décalage avec cet entourage, comme incompris, et ils éprouvent alors le même sentiment de solitude que les célibataires.

Le repas fut des plus joyeux. Claire avait préparé un bon rôti de bœuf pour l'occasion, cuit à point et accompagné d'une poêlée de pommes de terre et champignons. Un vrai plat familial, chaleureux et généreux.

— Tu restes un peu ? On pourrait aller faire les boutiques.

— Excuse-moi, Claire, mais je voudrais aller me reposer, cette matinée m'a vraiment tuée. Et j'ai besoin de mettre mes idées au clair pour pouvoir faire un retour à Alban, ce soir.

— Je vois, Madame est très occupée, à présent ! Bon, d'accord, j'ai compris. On s'appelle ?

— Ce n'est pas toi qui vas me reprocher de m'investir dans une œuvre sociale !? Bon, je t'appelle demain, on ira courir, si tu veux. Merci encore pour ce délicieux repas, bonne journée à tous !

Les émotions ressenties le matin au cours de l'atelier commençaient progressivement à se tasser. Enfin, Lorraine pouvait porter un regard plus objectif sur ce qu'elle avait vécu. Après avoir mis en route un disque de Souchon, elle s'installa à son bureau, devant la fenêtre, pour prendre quelques notes qui lui permettraient de répondre clairement à Alban, s'il voulait toujours son avis. Les sujets ne manquaient pas. D'abord, l'histoire d'Isabelle et le manque de compréhension de sa famille, et son désespoir de jamais rencontrer quelqu'un qui la comprenne et avec qui construire sa vie, ensuite, la proposition d'Alban, avec cet engagement de se rendre disponible les uns pour les autres. Malgré la réticence de certains membres, ils avaient tous fini par accepter ce fonctionnement, mais quelles allaient être les conséquences sur le groupe ? Elle se rendait compte que le principe était à double tranchant : il pouvait aussi bien souder les participants à jamais, ou les séparer si les choses se passaient mal.

Après une petite heure de cogitation, soucieuse de proposer une synthèse claire et argumentée, Lorraine décida de s'accorder tout de même une pause. Elle s'allongea sur son canapé avec un livre, et quelques pages plus tard, elle s'endormit.

A son réveil, il était déjà dix-sept heures dix. Il était grand temps de s'occuper un peu des corvées habituelles du week-end. Le frigo était presque vide, le ménage laissait à désirer et le linge n'était pas repassé. Elle était tellement habituée à avoir du temps, que le résultat de son laisser-aller de ces derniers jours lui sautait aux yeux. Oh, et puis après tout, qu'est-ce que ça pouvait faire ? Elle était seule, personne n'allait lui faire de reproche, et c'était peut-être l'unique avantage, alors autant en profiter. Elle décida de laisser le linge et le ménage de côté, et de se contenter d'aller faire quelques courses, avant de se préparer pour sortir. Ce soir, elle voulait être belle. Non seulement pour plaire à Alban, mais surtout pour le plaisir de s'habiller, se maquiller, soigner son apparence et se sentir bien. Pour elle, finalement. Il y avait tellement longtemps qu'elle n'était pas sortie avec un homme un samedi soir, sans compter le rendez-vous manqué avec Simon, qu'elle avait bien l'intention d'en tirer le plus de plaisir possible. D'autant plus si cela ne devait pas se reproduire de sitôt.

Il était dix-neuf heures quinze lorsqu'elle s'avança vers le miroir en pied de l'entrée de son appartement, pour vérifier sa tenue. Parfait. La robe en velours fin tombait à merveille et créait de jolis reflets brillants à chaque mouvement, et cette coiffure ramassée sur un côté lui donnait une allure glamour à souhait. Très satisfaite, elle attrapa son manteau et sortit. Au café, Alban était déjà sur place, à leur table habituelle. Il y avait beaucoup de monde, et même un chanteur accompagné de son guitariste, pour animer la soirée. A peine arrivée, Dany vint apporter à Lorraine un magnifique bouquet composé. Tous les regards se tournèrent vers cette jolie femme éclatante. Elle regarda son ami.

— C'est pour moi ?
— C'est pour vous remercier d'avoir bien voulu me suivre sans réserve, dans cette aventure risquée. J'espère que ce bouquet vous encouragera à rester, je crois que les membres de l'atelier ont envie de vous revoir.
— C'est trop, Alban ! Merci beaucoup, il est magnifique. Je suis gênée.
— Il ne faut vraiment pas, je ne vous paie pas, je dois vous remercier tout de même. Et je tiens à vous dire que vous êtes très belle, ce soir.

Le dîner fut à la hauteur des attentes de Lorraine, qui resplendissait. Elle retrouvait la joie de vivre, en bonne compagnie et avec l'espoir de se rendre utile tout en se faisant du bien à elle-même. Et comme c'était agréable de lire dans les yeux des autres clients du café qu'elle était une femme comme toutes les autres, capable d'être suffisamment appréciée pour qu'on l'invite à dîner, qu'on lui offre des fleurs, et qu'on l'écoute parler.

Lorsqu'elle fit part à son ami de son idée de faire choisir un nom aux patients pour l'atelier, il se montra enthousiaste.

— C'est une excellente idée ! Je savais que vous étiez la personne qu'il fallait, Lorraine. Bravo ! Nous leur proposerons samedi prochain. Et je veux tout savoir de ce que vous avez pensé de la séance de ce matin, si vous voulez bien me donner votre avis.

Lorraine ne se fit pas prier. Elle sortit consciencieusement son papier, sur lequel elle avait pris ses notes et organisé ses idées, comme elle le faisait pour les dossiers importants au travail. Le docteur l'écoutait, acquiesçait, et la félicita pour son analyse et son sens de l'observation. Elle était aux anges, et le vin aidant, une fois le plat du café des Fleurs avalé, un très bon sauté de veau aux pétunias confits, elle eut envie de poursuivre la soirée, et aucune intention d'aller se coucher tôt comme elle le faisait souvent, faute d'occupation.

— Et si nous allions dans un endroit où il y a de la musique, où on peut danser ?

— Pourquoi pas, Lorraine ! Je connais un bar très sympathique, je peux vous y emmener.

— Vous êtes sûr ? Ça vous fait plaisir ?

— Mais oui, bien sûr. Allons-y. J'espère que cela me fera pardonner mon attitude déplorable de notre première soirée.

Lorraine demanda à Dany si elle pouvait laisser son bouquet en gardiennage jusqu'au lendemain, et ils quittèrent le café pour se rendre au bar dansant de la rue Carville. Un endroit connu pour son ambiance et son style de musique jazzy-soul.

Il y avait longtemps que Lorraine n'avait pas autant dansé, et ne s'était pas couchée aussi tard. Lorsqu'Alban la raccompagna chez elle, au petit matin, ils échangèrent un regard complice, mais ni l'un ni l'autre ne fit un geste plus audacieux vers l'autre. Alors ils s'embrassèrent sur la joue, comme ils le faisaient toujours, et chacun rentra chez soi, fatigué et encore empli des mélodies de la nuit.

Après un dimanche paresseux, excepté une promenade au pas de course avec Claire, la semaine fut laborieuse pour Lorraine, qui devait prendre en charge une mission très importante pour la société dans laquelle elle travaillait. Elle était ravie, mais elle savait aussi que ce dossier ne lui laisserait pas une minute de répit, et qu'elle rentrerait certainement très tard tous les soirs. Impossible de prévoir un dîner ou une sortie avec qui que ce soit. Son responsable cependant, ainsi que sa plus proche collègue, Gaëlle, lui firent des compliments sur son allure et sa grande forme.

— Tu as l'air épanouie, Lorraine ! Dis-moi, tu n'aurais pas rencontré quelqu'un ?
— Peut-être bien, je ne sais pas encore si quelque chose va se passer, mais en tout cas, j'apprécie beaucoup sa compagnie.
— Tu l'as connu par ce site internet, dont tu m'avais parlé ?
— Oh, non ! J'ai laissé tomber ça pour l'instant, je crois que ce n'est pas pour moi.

Lorraine n'avait pas envie d'en dire plus pour l'instant. Sa rencontre avec Alban était encore toute récente, et elle ne voulait pas mêler le travail et ses activités extérieures, même si Gaëlle était une collègue discrète et bienveillante.

Effectivement, elle rentra tous les soirs chez elle après vingt heures, pour terminer le fameux dossier qui, si elle s'en sortait bien, l'aiderait peut-être enfin à faire valoir son savoir-faire auprès de la direction. Elle n'avait pas encore renoncé totalement à obtenir une promotion, et à évoluer en tant que responsable de département.

Le samedi approchait enfin, et avec, l'angoisse d'une nouvelle séance éprouvante à l'atelier, mêlée à la joie de retrouver les participants, ainsi qu'Alban. Ils ne s'étaient pas vus de la semaine, et parlé seulement une fois. Le docteur l'avait appelée le mardi soir, pour lui demander de réfléchir à une question d'organisation, à savoir si un travail en sous-groupe, en fonction des profils des membres, serait judicieux. Par la même occasion, il lui avait rappelé à quel point il avait passé une excellente soirée avec elle. Elle allait raccrocher lorsqu'il lui annonça qu'il avait trouvé deux places pour aller voir Véronique Sanson en concert, et qu'il serait heureux d'y aller avec elle.

— Est-ce que cela vous plairait ?
— Je crois que oui, c'est formidable, Alban ! Dommage qu'il faille attendre trois semaines.
— Oui, mais nous avons de très bonnes places, vous verrez.

Il n'avait pas fait d'autre proposition, et Lorraine, d'abord persuadée que les circonstances tronquées de leur rencontre étaient la cause du manque d'intérêt d'Alban pour elle, pensait de plus en plus qu'elle ne devait pas être son type de femme. Claire, de son côté, disait qu'il était peut-être homosexuel, ou bien complètement miro, pour ne pas voir les qualités de son amie. De son côté, elle était très occupée aussi avec l'organisation d'un grand évènement pour son association de lutte contre le handicap, car elle devait trouver des entreprises susceptibles d'apporter leur soutien à la construction d'une aire de jeux adaptée aux fauteuils roulants et aux malvoyants. Lorraine lui proposa son aide.

— J'en parlerai à mon responsable, il devrait pouvoir faire quelque chose.
— Merci, Lorraine, je ne veux pas que tu t'embêtes avec ça. Ne t'inquiète pas, je dois pouvoir réunir la somme. J'ai mes contacts.

Juste avant qu'elle ne quitte son appartement, le samedi matin, elle reçut un appel d'Alban.

— Ah ! Lorraine ! Bonjour ! Je voulais juste vous prévenir que nous aurons un nouveau membre, à compter d'aujourd'hui. Je n'ai pas le temps de vous le présenter au téléphone, vous le découvrirez avec tout le monde.

— Ah ? Très bien, Alban ! A tout de suite, je pars de chez moi.

— Je vous attends.

Un nouveau participant ? Bon, cela ferait huit personnes, le docteur avait certainement de bonnes raisons d'accepter quelqu'un en cours de route. Il allait devoir s'adapter au groupe déjà formé, mais les autres sauraient l'accueillir, et elle l'aiderait également.

Enfin sur place, Lorraine et Alban installèrent rapidement les derniers préparatifs, et les patients commencèrent à arriver.

— Le nouveau est un peu timide, et sort d'une mauvaise passe, vous m'aiderez à le mettre à l'aise, Lorraine !

— Bien sûr. Je vais le prendre en charge, ne vous inquiétez pas.

A ce moment, un homme entra, à la suite de Pauline, et se dirigea vers le docteur pour le saluer en premier. Lorraine leva la tête et faillit tomber à la renverse. Lorsqu'il se tourna vers elle, ce fut à son tour de manquer perdre l'équilibre. Ils restèrent figés, l'un en face de l'autre, pendant quelques secondes.

CHAPITRE 10

— Simon ?!

— Lorraine ? C'est bien ça, je ne me trompe pas ?

Les souvenirs récents remontèrent à la surface comme un noyé du fond de l'eau. Lorraine n'avait pas oublié ce regard mélancolique, ce visage doux, cette bouche fine, c'était bien le visage des photos qu'elle avait tant regardées sur le site *d'Atout cœur*, quelques semaines auparavant. Il paraissait juste fatigué, et amaigri. Mais il était vivant, bien vivant, et elle ne put s'empêcher de ressentir un soulagement énorme, comme si on la déchargeait d'un poids écrasant.

— Mais qu'est-ce que tu fais là ?

— Et toi ? Tu es inscrite aussi à cet atelier ?

— Pas tout à fait, j'assiste le docteur. Mais je t'expliquerai après, si tu veux. Ça va commencer.

Retrouver Simon ici, tout d'un coup, alors qu'elle commençait tout juste à surmonter le choc de leur rencontre manquée, était totalement inattendu, et très déstabilisant. Voilà comment se déroulait, finalement, leur première vraie rencontre. Il n'avait donc heureusement pas réussi à mettre fin à ses jours, et il avait même pris la décision de se soigner, puisqu'il s'était porté candidat pour l'atelier, et devenait donc patient d'Alban. La gorge nouée par l'émotion, Lorraine réussit tout de même à lui proposer un café, et il salua chacun des participants, pendant que le médecin le présentait au groupe.

— Simon rejoint notre atelier à partir d'aujourd'hui. Je vous remercie de lui réserver un accueil chaleureux. Vous aurez l'occasion de faire sa connaissance au fil des séances, mais sachez que c'est une personne très volontaire pour s'intégrer, et qu'il attend beaucoup de ce travail.

Après quelques échanges de politesse, il était temps de démarrer la séance.

— Pour commencer, certains ont-ils eu à faire l'expérience de notre nouvelle mesure de gestion de crise depuis la dernière fois ? Personne ? Oui, France ?

— J'ai failli appeler, cette semaine, c'était jeudi. Je n'étais pas bien, j'avais envie de sortir, d'aller boire un verre ou me promener avec quelqu'un, une connaissance, pour me remonter le moral. Mon mari était parti de son côté avec ses amis boulistes, comme souvent. Mais je n'ai pas osé.

— Pourquoi n'avez-vous pas osé ?

— Je ne sais pas, j'ai eu peur de déranger.

— Alors, que peut-on dire à France, pour que, si cela arrive encore, malheureusement, elle n'ait pas peur de déranger ?

Tous les patients exprimèrent leur soutien à leur partenaire, en lui expliquant que si elle n'osait pas, elle risquait de bloquer ceux qui auraient besoin d'elle un jour. Il fallait faire sauter ces freins naturels de gêne pour que le système mis en place fonctionne.

— Très bien. Maintenant, quelqu'un peut-il expliquer à Simon de quel système nous parlons ? Pauline ?

— Oui, c'est un système d'entraide que nous avons lancé à l'essai lors de la dernière séance. Si l'un de nous se retrouve dans une situation d'angoisse de solitude, il peut appeler les autres au secours, selon un ordre préétabli.

— C'est ça. Je vous demande donc, puisque vous êtes nouveau, de réfléchir et de me confirmer d'ici la prochaine séance si vous acceptez de vous engager vous aussi, dans ce schéma.

— Je n'ai pas besoin d'attendre, j'accepte.

— Merci, Simon. Nous allons donc vous intégrer. Passons maintenant à notre deuxième sujet. Lorraine, voulez-vous présenter votre idée ?

— Bien sûr. Alors voilà. Je vous propose, puisque ce groupe est le vôtre, qu'il existe seulement par et pour vous, de donner un nom à cet atelier. Qu'en pensez-vous ?

Après quelques secondes, Anne leva la main.

— Je suis d'accord. Ce sera plus sympathique. Mais quel nom ?

— Justement. Que diriez-vous d'y réfléchir, maintenant, et de le trouver ensemble ?

Les membres acquiescèrent. Ils semblaient à la fois tout à fait partants, mais freinés par la difficulté de la question. Puis tout à coup, ce fut comme s'ils voulaient s'exprimer tous en même temps.

— Allez, je me lance. Pourquoi pas les cœurs blessés ?

— C'est un peu triste. Je préfèrerais quelque chose de plus gai, moi !

— Mais on peut garder le mot cœur, ça, je crois qu'on sera tous d'accord.

— Les cœurs foutus ?

— Mais non, Pierre, on n'est pas en train de rigoler.

— Je rigole pas.

— Les cœurs solitaires ?

— Peut-être, c'est pas mal.

— Mais c'est pareil, c'est triste. Les cœurs perdus ?

— Ah oui ! c'est bien, ça ! Mois, c'est ce que je ressens. J'ai l'impression d'être perdue, en tout cas pour les autres. C'est comme si j'étais à part, comme si j'étais différente.

— Moi aussi. C'est comme si on n'était plus avec les autres, ceux qui ne se sentent pas solitaires. Comme si on n'avait plus notre place parmi eux, dans la vie normale. On est perdus.

— Egarés.

— C'est ça, égarés dans notre solitude.

— Tout à fait.

— Les cœurs égarés, alors ?

— Ah oui ! C'est joli, ça.

— Super.

— On est d'accord, c'est un nom qui me va tout à fait.

Alban était ravi, la participation allait au-delà de ses espérances.

— Alors, Lorraine ?

— C'est formidable. Ce sera donc *l'atelier des cœurs égarés*. Je ferai imprimer cela sur des pochettes où vous pourrez ranger vos documents concernant nos travaux, et sur une plaque pour la porte de la salle. Ça vous va ?

Tous se réjouissaient, à l'idée de voir le nom qu'ils avaient trouvé inscrit sur des pochettes et des documents. C'était une sorte de reconnaissance de leur avis, une preuve que leur parole importait, qu'elle était prise en compte. C'était la vraie naissance du groupe.

Pendant tout ce temps, Lorraine observait Simon, qui s'était installé entre Pierre et José, cherchant certainement inconsciemment la compagnie des deux seuls hommes du groupe. Elle n'en revenait pas qu'il soit là, devant elle, en chair et en os. C'était tellement incroyable ! Claire n'allait pas en revenir non plus. Lorsque la séance, très animée, se termina, elle s'approcha de lui avec précaution et lui proposa d'aller prendre un verre avec elle.

— Nous avons des choses à nous dire, non ?
— C'est vrai, Lorraine. Et puisque le destin nous met une deuxième fois sur le même chemin, c'est qu'il a certainement des raisons. Je te suis.

Ils prenaient le chemin de la sortie, mais Alban ne comptait pas laisser son assistante partir aussi vite.

— Lorraine ? Nous déjeunons ensemble ?

— Je ne peux pas, je viens d'inviter Simon. Nous nous connaissons un peu, vous savez…

— Vous voulez dire que c'est LE Simon …?

— C'est ça. Vous êtes libre à dîner, Alban ?

— Mais oui.

— Alors on se retrouve ce soir, comme d'habitude ?

— Parfait. A ce soir.

La discussion n'échappa pas à Simon, qui ne comprenait plus rien. Une fois installé avec Lorraine devant un verre, au café des Fleurs, il ne put se retenir d'exprimer sa surprise.

— Tu es donc assistante d'un psychologue qui soigne des patients déprimés souffrant de solitude ? En plus de ton travail de responsable des ressources humaines ? Et tu dînes avec lui ? Mais dis-moi, pour quelqu'un qui se sent seule au point de s'inscrire sur un site de rencontres, tu as l'air bien occupée et bien entourée !

— C'est vrai, Simon, mais j'ai fait la connaissance du docteur comme patiente, justement. Je suis allée le voir après notre soirée manquée, j'avais besoin d'aide. Et il m'a proposé de participer à l'animation de ce groupe, pour aider ces gens, et m'aider moi aussi. Lorsque nous étions en contact toi et moi sur le site, je ne le connaissais même pas !

— Vous avez l'air de très bien vous entendre, en tout cas. Et cet atelier m'a beaucoup plu, les participants semblent former un groupe soudé.

— C'est ce que nous essayons de créer, et je me considère comme l'un des leurs. Je suis toujours célibataire, donc seule.

— Ah ?

— Et toi, comment es-tu arrivé chez le docteur Duval ?

— C'est ma sœur qui m'a poussé. Elle s'inquiète pour moi. Elle a cherché un spécialiste près de chez moi, et s'est occupé de téléphoner pour me prendre un premier rendez-vous. Au terme de la séance, le docteur m'a proposé cet atelier du samedi.

— Mais dis-moi, le jour où tu devais venir me chercher chez moi, j'ai essayé de te joindre, et je suis tombée sur ta sœur justement, qui m'a dit que tu avais essayé de … enfin …

— De me suicider ? Oui, c'est ça, tu peux le dire. J'ai fait une tentative de suicide, une TS, comme on dit, il ne faut pas avoir peur des mots. Mais tu vois, même ça, je l'ai raté !

— Ne dis pas ça, c'est terrible. Je suis heureuse de te connaître enfin. Lorsque je t'ai vu, tout à l'heure, j'étais tellement surprise !

— Moi aussi, tu penses ! Et c'est une bonne surprise, cela me fait très plaisir. J'avais beaucoup aimé nos échanges sur le net, nous avions tant de choses en commun. Et je voulais vraiment venir, ce soir-là, tu sais. Seulement, voilà, je ne sais pas ce qui m'a pris, j'ai craqué. Je le regrette, à présent. C'était une bêtise. Je fais beaucoup de bêtises, en ce moment.

Simon avait l'air vraiment perdu. Il semblait s'en vouloir. Il était pourtant aussi charmant en vrai qu'il l'était sur ses photos, délicat, sensible. Lorraine sentait resurgir en elle des sentiments qu'elle avait mis en suspens, par obligation, mais qui, finalement, n'avaient pas disparu. Mais comment avait-il pu en arriver là ?

— Tu m'avais dit dans tes messages que tu étais divorcé depuis six ans, toi aussi. Est-ce que ton ex-femme a refait sa vie ?
— Non, je ne crois pas. Mais elle fréquente quelqu'un.
— Alors, qu'est-ce qui t'a poussé à commettre un geste pareil ?
— Je préfère que l'on parle d'autre chose, maintenant. Une autre fois, si tu veux. Ce

matin, je me suis senti bien, j'aimerais rester dans cet état d'esprit.

— Oh ! Bien sûr, excuse-moi. Et si nous déjeunions ici ? Qu'en dis-tu ?

— Je ne sais pas…

— Allez, Simon ! Ça me fait plaisir de partager ce moment avec toi, c'est un peu un rattrapage !

— Bon, si tu veux.

Simon ne connaissait pas la cuisine du café des Fleurs, il ne connaissait que la boutique, dont il était client occasionnel. C'était le moment de lui faire découvrir les plats typiques et originaux de Dany et Emilie.

Tout en dégustant le menu du jour, ils évoquèrent tous leurs « souvenirs » de ces mois passés à s'écrire, à s'envoyer des messages quotidiens, d'abord timidement, puis de plus en plus frénétiquement, jusqu'à cette fameuse soirée tragique. Ils prirent conscience qu'ils connaissaient presque tout l'un de l'autre ; leurs professions, leurs goûts, leurs centres d'intérêt, leurs envies, leurs rêves aussi. Ils ressentaient une sorte d'osmose, quelque chose de très fort malgré les circonstances. Lorsqu'elle avait finalement proposé à Simon de se rencontrer en vrai, la première fois, il avait d'abord hésité, et avait paru se poser beaucoup de questions. Puis il avait accepté, et l'espoir avait envahi le cœur de Lorraine. Cette histoire aurait pu être si belle.

— Tu as toujours ton magasin d'objets de décoration ?

— Je l'ai vendu.

— Vraiment ? Et que fais-tu, maintenant, alors ?

— Pour l'instant, rien. J'essaie de m'en sortir, je verrai plus tard si je peux faire une formation. J'aimerais me reconvertir. Je voudrais devenir jardinier paysagiste, dessiner des jardins, les aménager. Tu te souviens de mon rêve.

— C'est une très bonne idée. Notre travail avec le groupe se fonde beaucoup sur le rêve de chacun, tu verras. C'est une façon de reprendre le contrôle de sa vie. Au fait, comment trouves-tu le nouveau nom de l'atelier ?

— Les *cœurs égarés* ? C'est bien, je me reconnais dans ce nom, j'ai voté pour.

— En tout cas, tu sais maintenant que tu peux appeler Pierre et José en secours, si tu as besoin d'aide. Ce sont tes premiers contacts, dans le groupe.

— Oui, et ça fait chaud au cœur. Si j'avais eu cette possibilité plus tôt, peut-être que les choses auraient été différentes pour moi.

Lorraine et Simon continuèrent à discuter plus d'une heure, avec avidité, comme s'ils avaient été privés de cette possibilité et qu'ils pouvaient enfin satisfaire leur envie de se découvrir. Finalement, ils se quittèrent en se promettant de se revoir dans la semaine, tous les deux très émus. Lorraine se demandait s'il allait parvenir à remonter la pente. Il avait l'air si affligé. Pourtant, son charme était intact. Heureusement, il était entre de bonnes mains avec Alban. Sur le chemin du retour, elle décida d'appeler Claire pour lui donner des nouvelles.

— C'est pas croyable ! Un déjeuner avec l'un, et le dîner avec l'autre ? Alors maintenant, tu te retrouves avec deux prétendants, si je comprends bien ?

— Ce n'est pas un jeu, tu sais. Nous sommes tous les trois des solitaires en souffrance. Alban se noie dans son travail pour oublier qu'il est seul, Simon a voulu mourir, et moi, je passe régulièrement par des états de désespoir proches de la dépression. Je ne crois pas que nous soyons prêts à jouer avec nos sentiments.

— Tu dramatises pas un peu ?

— Non, Claire. Mais ça n'empêche pas que je sois ravie d'avoir fait la connaissance de tous ces gens, les participants de l'atelier, Alban, Simon, ce sont des personnes vraiment intéressantes.

— Je ne comprends pas très bien que tu te complaises dans le malheur, vu ta situation. Moi, c'est différent, je veux donner un peu à ceux qui sont moins chanceux que moi. Mais si c'est ton truc …

— Ce n'est pas ça, j'aimerais beaucoup vivre comme toi, dans une famille unie et solidaire. Je retrouve un peu ça dans le groupe, tu vois ? On se comprend, on se soutient, j'ai vraiment plaisir à vivre cette expérience.

— Bon, en tout cas, appelle-moi dès que tu as un peu de temps. J'aimerais que nous allions ensemble faire un peu de shopping, histoire de te sortir de ta *mornitude* !

CHAPITRE 11

Si Claire ne pouvait pas comprendre, Lorraine ne pouvait pas lui en vouloir. Elle-même, lorsqu'elle vivait avec son mari et son fils, ne s'était jamais vraiment émue du sort des personnes seules qu'elle pouvait croiser dans son entourage. Elle aussi, à cette époque, se disait que ces gens ne devaient pas faire beaucoup d'efforts pour faire des rencontres, ou qu'elles étaient certainement trop compliquées, inadaptées à la société … Après tout, du monde, il y en a partout. Alors comment pourrait-on se plaindre de solitude ? A présent qu'elle connaissait la douleur de se sentir seule, elle souhaitait à Claire de ne jamais connaître ce sentiment dans sa vie.

Là où elle n'avait peut-être pas tort, même si Lorraine ne voulait pas vraiment se l'avouer, c'est que peu de temps après avoir rencontré Alban, qui ne la laissait pas complètement insensible, elle « rencontrait » aussi Simon, pour qui elle avait eu des sentiments également. D'ailleurs, elle avait connu Alban un peu à cause de Simon, puisque c'était le traumatisme causé par le suicide de ce dernier qui l'avait poussée à consulter. Les hasards de la vie menaient tout de même à de drôles de circonstances, et parfois, les conséquences des actes des uns ou des autres se répercutaient en cascade, sur d'autres personnes encore. Mais il ne fallait pas qu'elle se laisse emporter par l'émotion de ces *retrouvailles*. Pour l'instant, ce qui importait, c'était de poursuivre son action auprès du groupe. Elle sentait qu'aider les patients d'Alban lui apportait beaucoup, elle se rendait utile, et ne ressentait plus la solitude ces derniers temps.

Le soir, en se préparant pour aller rejoindre le docteur au café des Fleurs, elle pensa soudain qu'il devait certainement lui aussi, être en train de s'apprêter pour sortir, et qu'il voyait peut-être l'arrivée du nouveau participant de l'atelier comme un rival possible. Le problème, c'est que Lorraine n'avait jamais pu déceler chez lui un intérêt autre qu'amical ou professionnel, et qu'elle ne savait pas du tout s'il avait imaginé une évolution de leur relation vers des sentiments plus forts. Peut-être que son attitude, ce soir, lui donnerait des indices. Un homme qui sent que sa conquête potentielle risque de lui échapper au profit d'un autre, se montre souvent possessif et plus entreprenant. Il lui faudrait juste être attentive à certains signes qui ne trompent pas. Non pas qu'elle veuille jouer sur les deux tableaux, mais elle avait besoin d'être fixée sur les intentions de l'un et l'autre, pour éclaircir ses propres idées. Elle termina son maquillage, léger et frais, comme elle aimait le faire, et sortit avec entrain. Tout cela était tout de même prometteur, c'était la vie, enfin !

Le dîner fut tout aussi agréable que les précédents passés dans ce café, qui devenait une sorte de seconde maison. Dany et Emilie, les propriétaires, se montraient toujours aimables et aux petits soins avec leurs habitués, et s'efforçaient de leur faire plaisir avec des attentions variées ; de petites mignardises pour accompagner le café, une rose à emporter, un verre offert pour l'apéritif … Alban, qui avait de nouveau offert un bouquet à son invitée, se révéla pourtant égal à lui-même, il ne se comporta pas comme un mâle piqué par la rivalité, et parut même à Lorraine encore plus détaché que les fois précédentes. Peut-être jouait-il un rôle ? Surjouait-il l'indifférence, afin de piquer sa curiosité et de la ramener vers lui ? C'était très difficile de le savoir et évidemment, elle n'osait pas lui poser la question directement car si ce n'était pas le cas, elle aurait l'air tout à fait ridicule.

— Vous vous souvenez que nous allons voir Véronique Sanson dans dix jours ?
— Bien sûr, je ne peux pas oublier une chose pareille ! J'ai tellement hâte ! Je vous préviens que lorsque j'aime la musique, on ne me tient plus. Vous allez être secoué !
— Je risque de vous surprendre aussi, Lorraine, nous verrons lequel de nous deux sera le plus excité !

La soirée se termina donc par une promenade en ville, sous les étoiles, et ils se quittèrent devant chez Lorraine, par une embrassade chaleureuse mais sage, comme on peut le faire entre amis chers. Pourtant, à cet instant précis, il lui sembla lire dans les yeux d'Alban une lueur d'affection peut-être un peu plus forte qu'elle n'aurait dû l'être, l'expression d'un sentiment plus marqué. Mais n'était-ce pas la lumière de la lune qui se reflétait dans ses pupilles ?

Tant d'émotions durant la journée, empêchèrent Lorraine de s'endormir avant le petit matin. Heureusement, le dimanche s'annonçait calme et serein, propice à reprendre ses esprits. Du moins, jusqu'au moment où elle reçut un message de l'un des *Cœurs égarés*, en milieu d'après-midi. C'était sa partenaire directe dans le cercle de l'entraide en cas de crise ; Mathilde, la sexagénaire veuve, coiffeuse de son état, bientôt en retraite. Le message disait ceci :

« Besoin d'un petit moment de chaleur solidaire. Merci pour votre attention. »

C'était le signe d'un appel à l'aide, comme convenu lors de leur engagement collectif. Cela signifiait que le message avait dû partir également chez Isabelle, qui était le second contact direct de Mathilde. Lorraine devait répondre, puisqu'elle était disponible. Elle envoya un premier message rapide à Isabelle pour lui confirmer qu'elle prenait la demande en charge, puis elle téléphona à Mathilde.

— Bonjour, Mathilde ! J'ai bien reçu votre message. Que se passe-t-il ?
— Oh, je suis vraiment désolée de vous déranger, mais ça ne va pas du tout, aujourd'hui. Les dimanches, c'est toujours compliqué, mais là, je suis au bout du rouleau.
— Vous avez bien fait de m'appeler. Voulez-vous que l'on se voie ?
— Mon dieu, j'aimerais beaucoup mais je ne veux pas vous faire perdre votre journée. Déjà,

pouvoir parler à quelqu'un du groupe me fait beaucoup de bien. Je sais que vous comprenez.

— Bien sûr. Mais ça ne me dérange pas du tout, nous pourrions nous retrouver au parc floral, et aller boire quelque chose au café du parc ?

— Vous croyez ? Ça ne vous dérange pas ?

— Mais non, je vous assure que non. Je suis seule moi aussi, aujourd'hui. On peut se retrouver là-bas dans vingt minutes ?

— Très bien, c'est formidable, merci, Lorraine ! … Vous savez, j'ai soixante-six ans, et j'ai tellement peur de mourir toute seule.

— Nous allons en parler, à tout de suite, Mathilde.

Lorsqu'elle retrouva la vieille dame au parc, Lorraine remarqua tout de suite ses yeux gonflés et rouges. Elle avait dû pleurer et même si elle avait fait un effort de maquillage, elle n'avait pas réussi à camoufler son mal-être. Lorraine connaissait bien ça, pour avoir passé elle-même bien souvent de longues heures à verser des larmes amères, assise dans sa cuisine, seule devant son assiette. Cela lui fit mal au cœur, il n'était pas question que toutes les bonnes ondes diffusées ces derniers jours ne profitent pas aussi à Mathilde. Lorraine était bien décidée à partager avec sa partenaire de groupe. Elle se remémora les consignes du docteur ; écouter, être bienveillant, encourager. Tout en marchant, elle engagea la conversation.

— Alors, dites-moi, Mathilde, comment passez-vous vos dimanches, habituellement ?
— C'est un jour que je maudis. Souvent, je réserve la journée pour faire le plus de ménage possible, du repassage, le nettoyage des vitres … Comme ça, je suis occupée, je ne pense pas au temps qui ne passe pas. Le samedi, je travaille le matin, et l'après-midi, je fais mes courses alors ça va. Mais là, je n'avais pas envie de faire du ménage, j'avais envie de sortir, de voir du monde. Seulement, je n'ai personne à proximité. Ni ma famille, ni mes collègues. Et mes voisins, ils sont occupés de leur côté.
— Alors, venez. Nous allons voir du monde, au café. Asseyons-nous là, vous voyez, il y a du monde.
— Ce sont surtout des familles, ces gens ne savent pas la chance qu'ils ont. Ils ne savent pas non plus que plus ils vont vieillir, plus ils vont être seuls. Et moi, je ne veux pas mourir seule.
— Ce moment n'est pas encore arrivé, il est loin. Pour l'instant, vous êtes en pleine forme, alors il est encore temps de vous concentrer sur un

projet. D'abord, avez-vous envie de vous remettre en couple ?

— Je le croyais, puisque je me suis même inscrite sur un site de rencontres, alors que je trouvais ça horrible, avant, ces sites où l'on se vend comme une marchandise. Mais effectivement, les hommes qui envoient des messages me semblent peu sérieux, et surtout fades par rapport à mon Michel. Michel, c'était mon mari, il est mort il y a sept ans, déjà. Dieu, que le temps passe vite ! Alors je ne donne pas suite à ces messages, et quand on me donne un rendez-vous, je n'y vais pas.

— Eh bien, justement, peut-être devriez-vous concentrer votre intérêt sur autre chose. Votre rêve n'était-il pas d'ouvrir votre propre salon de coiffure ?

— Si, c'est vrai. J'en ai toujours rêvé. Pouvoir m'organiser et décider seule de ma journée, ce serait formidable. Et puis, je vais être en retraite, et cette perspective m'angoisse terriblement. Comment vais-je m'occuper ? Cela va être terrible.

— Alors que faudrait-il, Mathilde, pour que vous réalisiez votre rêve ?

— Je crois que le problème, c'est que j'ai peur d'échouer. Ouvrir un salon demande un investissement en temps et en argent, et si cela ne fonctionne pas, je vais me retrouver fauchée, en plus d'être seule. Je ne suis peut-être pas prête à prendre ce risque. Pourtant, je devrais, car je n'ai rien à perdre. Je ne veux pas passer mon temps chez moi, à me demander comment occuper ma journée. Je préfèrerais encore disparaître.

— Ne dites pas ça, il y a certainement moyen de trouver une occupation qui vous passionne et vous permette de rencontrer des gens. Vous aimez vraiment la coiffure ?

— J'adore la coiffure, je me sens bien, lorsque je coiffe. Les gens aiment qu'on s'occupe d'eux, et moi, j'aime me dire qu'ils vont repartir plus beaux que lorsqu'ils sont arrivés. Et puis, je me sens en forme, j'ai envie de bouger, je ne veux pas rester inactive.

— Eh bien, pourquoi ne pas devenir coiffeuse à domicile ? L'engagement financier est bien moindre que pour un salon. Vous pourrez continuer autant que vous le voudrez, au rythme que vous voulez, il faut juste que vous soyez sûre de vous financièrement, par rapport à votre retraite.

— Mais oui, c'est vrai ! Je me fiche de gagner beaucoup d'argent. Ce que je veux, c'est rencontrer du monde, et continuer la coiffure, à mon compte. Vous croyez que j'en serais capable ?

— Bien sûr, voyons ! Vous vous ferez votre clientèle, dans le quartier, parmi vos voisins.

— Lorraine, vous êtes un ange !

— Certainement pas ! Mais vous savez quoi ? Je serai votre première cliente ! Que diriez-vous de venir me coiffer, chez moi ? J'adorerais ça !

— Vraiment ? Mais ce serait formidable, oui, bien sûr, j'accepte !

— Et pourquoi pas aujourd'hui ? Vous pourriez ? J'aimerais beaucoup une légère coupe, et un brushing.

— Aujourd'hui ? C'est que, je n'ai pas les outils, les produits…

— C'est juste. Mais j'ai ce qu'il faut, je crois. Une bonne paire de ciseaux, des peignes, des brosses.

— On peut essayer, je ne sais pas, je suis un peu prise de court. C'est vrai que j'ai déjà coiffé mes filles, et je coiffais mon mari à la maison, mais ça fait si longtemps.

— Il y a un moment où il faut se lancer, Mathilde ! En route.

Arrivées chez Lorraine, celle-ci installa Mathilde devant un thé dans la cuisine, et pendant qu'elle se lavait les cheveux dans la salle de bains, elle lui proposa de faire son choix parmi les peignes et outils dont elle disposait.

— Je crois que tout ceci devrait faire l'affaire à peu près.

— Eh bien, c'est parfait, alors ! Allons-y ! Et si tout se passe bien, Mathilde, nous proposerons vos services aux autres membres des *Cœurs Egarés* !

— Excellente idée ! Et je leur ferai aussi un prix spécial, pour les remercier de m'encourager.

Mathilde quitta Lorraine vers les dix-huit heures trente, après un épointage méticuleux et un brushing aérien. Celle-ci avait absolument tenu à payer, même une somme dérisoire, pour le principe. Elle était très satisfaite, et surtout, les deux femmes avaient passé un bon moment à papoter, rire, et tenter de lister les points à revoir pour un service parfait. En effet, pour se constituer une clientèle fidèle, il fallait avant tout que les personnes qui confieraient leur tête à Mathilde soient convaincues, et que son travail corresponde à leurs attentes. Pourquoi fait-on appel à une coiffeuse à domicile, qui va nous coûter plus cher ? Pour perdre moins de temps en attente au salon, pour le confort, pour ne pas se déplacer, pour faire coiffer toute la famille par la même occasion … autant de bonnes raisons de s'adresser à quelqu'un comme elle, disponible et ouverte aux exigences des uns et des autres.

Pour cette fois en tout cas, les conseils d'Alban avaient porté leurs fruits. Lorraine ne pouvait pas résister à l'envie de l'appeler, pour lui raconter l'aventure. Sans ses recommandations, que serait-il arrivé à Mathilde, ce dimanche ou un autre ? Malheureusement, le téléphone du docteur était sur répondeur et, un peu déçue, elle se contenta donc de lui laisser un message, lui indiquant qu'elle avait vu la vieille dame à sa demande, et que tout s'était bien passé. Elle lui raconterait toute l'histoire en détail dès qu'ils se verraient. Ce fut seulement alors, qu'elle remarqua que Claire lui avait laissé plusieurs messages dans l'après-midi, lui proposant de la retrouver à la piscine pour une séance de sport. Il était trop tard à présent, elle devait être rentrée et occupée à préparer le repas pour toute la famille.

Lorraine se fit couler un bain, prit un livre, et décida de profiter seule de cette soirée de week-end, en se disant que finalement, ce n'était pas si difficile d'apprécier les dimanches. La semaine à venir serait plus calme que la précédente, elle en profiterait pour voir Claire un de ces soirs, et peut-être, Simon, s'il appelait comme il l'avait dit. Et pourquoi ne pas les faire se rencontrer ? Après tout, l'avis de son amie était précieux, et pourrait lui permettre de se faire une idée plus objective de cet homme torturé, qu'elle trouvait toujours charmant.

Elle ne savait pas encore qu'au travail, une autre surprise l'attendait.

Un soir du début de semaine, vers dix-sept heures trente, son responsable la convoqua dans son bureau.

— Lorraine, ma chère Lorraine ! Asseyez-vous !
— Bonjour, Monsieur.
— J'irai droit au but. Je suis très satisfait du travail que vous avez fourni concernant le dossier Flache, que vous m'avez remis la semaine dernière. Je souhaite vous féliciter. Nous allons être totalement dédommagés, ce qui n'est pas négligeable. Et pour vous récompenser, j'ai cru comprendre que vous seriez heureuse de faire une formation ? Eh bien, je vous l'offre ! Vous commencerez la semaine prochaine, tous les samedis et mercredis matin, pendant six semaines, avec un cabinet spécialisé pour les cadres de haut niveau. Je tenais à vous le dire moi-même, j'espère que vous êtes satisfaite.
— Magnifique … mais est-il possible de modifier les dates, car le samedi matin, je suis prise.
— Vous êtes prise ? Mais je croyais que vous étiez seule, enfin, je veux dire …

— Cela n'empêche pas que j'ai pris des engagements personnels, je ne peux pas le samedi matin.

— Diantre ! Mais alors, ce ne sera pas possible pour l'instant, je crois. Les conventions sont claires ; le temps de formation des cadres doit se partager équitablement pendant et en dehors des temps de présence au poste. Les formations sont du lundi au samedi matin, donc…

— Alors, je suis désolée, je ne pourrai pas accepter.

CHAPITRE 12

Lorraine resta quelques secondes fixée sur le regard de son responsable, dont le visage exprimait une incompréhension totale. Elle-même se répétait mentalement ce qu'elle venait de dire, pour être sûre de ne pas commettre une erreur regrettable. Il y a quelques semaines seulement, elle aurait sauté de joie à cette nouvelle. L'idée même d'occuper son esprit, voire de le saturer, de travail et de formation lui aurait paru la meilleure solution à ses problèmes personnels. Mais à présent, beaucoup de choses s'étaient passées, qui reléguaient cette histoire d'évolution professionnelle à une place secondaire. L'atelier se déroulait le samedi matin, et il n'était pas envisageable de faire changer cet horaire juste pour elle, donc elle ne pouvait pas se rendre disponible pour cette formation, aussi tentante soit-elle. Elle n'avait cependant aucun doute sur le choix qu'elle devait faire.

— Vous êtes tout à fait sûre, Lorraine ? Cette session représente un coût de plus de quinze mille euros, elle est dispensée uniquement aux collaborateurs à fort potentiel, appelés à accéder à un poste de cadre dirigeant. Vous comprenez ?

— Tout à fait, et je vous remercie encore pour ce geste généreux, mais je ne peux pas.

— Eh bien, c'est une surprise, je vous assure. Et je vous avoue que je suis même un peu déçu.

— J'en suis désolée, vraiment. Je vous prie de m'excuser, je peux disposer ?

— Allez-y.

Lorraine était tout à fait consciente que ce refus pèserait sur elle longtemps, et qu'il serait hors de question de réclamer une formation avant plusieurs années. Mais comment abandonner les *Cœurs Egarés* ? Et Alban ? Et Simon ? C'était impossible, alors qu'elle commençait tout juste à se révéler dans ce groupe attachant, et que sa vie prenait un tout nouveau visage depuis qu'elle avait commencé les séances. D'ailleurs, lorsque Claire l'avait rejointe pour le déjeuner, le midi, à la brasserie en face de son travail, Lorraine n'avait pas cessé de parler de Simon, et son amie lui en avait fait la remarque.

— Dis-moi, j'ai l'impression que tu as fait ton choix ! Tu n'aurais pas un penchant pour ce Simon ?

— Je t'ai dit que nous n'avions pas l'esprit à la romance, ni l'un ni l'autre. Nous essayons simplement de nous sortir d'une mauvaise passe, et c'est déjà assez compliqué. Mais j'aimerais que tu le rencontres, si tu veux bien. Tu me dirais ce que tu penses de lui.

— Oh, je ne sais pas. Ce n'est pas trop mon truc, les amoureux fragiles, tu le sais. Il a essayé de se suicider, tout de même ! Ce n'est pas un signe de grande santé mentale, c'est même un peu effrayant, tu ne trouves pas ?

— Je crois qu'il a pris conscience de son erreur, et qu'il est parvenu à surmonter tout ça. Il est venu à l'atelier, il veut vraiment s'en sortir. Je ne sais pas ce qui a pu l'amener à vouloir mourir, il ne veut pas en parler pour l'instant, mais je suis sûre que c'était dans un moment de panique, ou de désespoir passager. Il a des projets, il veut devenir paysagiste.

De son côté, le docteur avait appelé, et invitait Lorraine à dîner au Café des Fleurs ce mercredi soir, pour qu'elle lui raconte son aventure avec Mathilde. Comment aurait-elle pu lui dire qu'elle le laissait tomber, lui et tous les participants, et qu'il faudrait qu'il se débrouille tout seul ? C'était impossible, et elle n'en avait pas envie.

Après une nouvelle journée de travail, elle se dirigeait vers le café, heureuse de pouvoir enfin lui faire un retour sur une action représentative de l'un des fondements de sa stratégie pour l'atelier : la solidarité entre les membres. Oui, elle avait bien répondu présente à l'appel de Mathilde, et elle avait bien suivi les indications d'Alban ; réorienter la personne vers un projet qui lui permette de reprendre les rênes de sa vie, plutôt que de continuer à la subir passivement. Au moment où elle allait pousser la porte du café, son téléphone sonna. Elle décrocha et fit quelques pas en arrière pour prendre l'appel, c'était Simon.

— Bonsoir, Lorraine !
— Bonsoir, Simon, comment vas-tu ?
— Bien. Voudrais-tu dîner avec moi demain soir ?
— Oh ! Avec plaisir. Où veux-tu que nous nous retrouvions ?

— Eh bien, j'aimerais que nous allions chez
Molinas. C'est là que nous devions manger le
soir où … enfin, tu sais. Je voudrais pouvoir
tenir mon engagement maintenant, et t'y
emmener.
— Comme tu veux, tu passes me prendre, alors ?
— A dix-neuf heures trente, chez toi.

Lorraine raccrocha et entra avec un grand
sourire dans le café, où Alban l'attendait à leur table
habituelle, avec un nouveau bouquet de magnifiques
tulipes. Il avait hâte de connaître les impressions de
son assistante sur cette première situation de gestion
de crise. Elle lui raconta toute l'aventure depuis le
message reçu, jusqu'à ce que la vieille dame la quitte
en fin d'après-midi. Il fut enchanté par ce récit.

— C'est formidable, Lorraine ! Vraiment, je
n'aurais pas fait mieux moi-même, vous avez
su écouter et orienter parfaitement la
conversation sur le bon sujet, et même amener
Mathilde jusqu'à une phase concrète, grâce à
cette idée de vous faire coiffer chez vous dans
la foulée. Bravo !

Devant un tel enthousiasme, Lorraine n'hésita pas à parler de son idée de proposer les services à domicile de la vieille dame aux autres membres. Alban ne pouvait que confirmer son accord, convaincu que cette belle histoire pourrait servir d'exemple et illustrer à merveille son discours thérapeutique. Il avait d'ailleurs d'autres projets en tête.

— Je pense que nous pourrions également pousser Pauline vers son rêve. Qu'en pensez-vous ?
— Elle veut chanter, j'adore la musique mais personnellement, je ne connais rien à ce métier autrement qu'en tant que spectatrice, et vous ?
— Moi non plus. Mais je connais un couple sympathique, qui tient un café, et qui organise parfois des soirées animées …
— Ici ? Mais vous avez raison ! Il suffirait qu'ils s'entendent ensemble. Cependant, on ne peut pas la forcer ni faire les démarches à sa place. Comment lui donner envie de s'adresser à eux ?
— Pauline manque de confiance en elle. Il faut juste trouver le bon moment pour lui suggérer l'idée. Nous pouvons en parler à Dany et Emilie avant.

Ils continuèrent à discuter ainsi du profil de Pauline, de son histoire, se demandant si la réserve dont elle avait fait preuve l'autre jour vis-à-vis de l'idée d'engagement réciproque d'entraide entre les membres pouvait signifier qu'elle n'accepterait pas la moindre influence trop intrusive. Si c'était le cas, il faudrait se montrer très prudent pour ne pas la braquer.

Même s'il n'osait pas en parler, Lorraine se disait qu'Alban devait avoir envie de savoir si elle avait revu le *petit* nouveau du groupe. C'était le bon moment pour mettre les choses à plat et aborder le sujet qui la préoccupait.

— Vous savez, je vois Simon demain soir.
— Vraiment ? Vous a-t-il expliqué ce qui s'est passé ? C'est tellement extraordinaire qu'il se retrouve par hasard à l'atelier, après tout ce que vous m'avez raconté. Je l'ai vu seulement deux fois en consultation particulière, nous allons progresser lentement, je pense. Il est très réservé.
— Il ne s'est pas montré loquace avec moi non plus. Il semble regretter, je suis sûre que ce n'était qu'un mauvais moment de doute, une bêtise. J'espère qu'il s'ouvrira avec le temps. Vous savez, Alban …

— Vous êtes amoureuse ?

— Oh ! Je ne sais pas, je ne le connais pas suffisamment, mais c'est vrai que nous avons beaucoup en commun. Et puis, il me touche. Voilà, je voulais vous le dire.

— Je comprends, ne vous inquiétez pas. Cela ne gâchera en rien mon affection pour vous, ni notre collaboration, bien sûr.

— C'est très gentil, j'ai beaucoup d'affection pour vous aussi. J'aime votre compagnie, et je suis fière d'être votre assistante.

Même si la question directe du docteur avait d'abord mis Lorraine mal à l'aise, finalement, les choses étaient dites, et pour elle, c'était un soulagement de s'être confiée à lui sur ses sentiments pour Simon. Elle ne voulait surtout pas le blesser ni le décevoir, et encore moins risquer de créer une animosité entre les deux hommes. Quand on pense qu'elle était si seule, pendant toutes ces années ! Et voilà qu'elle se trouvait soudain dans une situation où deux hommes semblaient s'intéresser à elle en même temps. Claire avait raison, il y avait bien des sentiments forts qui circulaient entre eux, même si l'avouer était difficile. Si seulement les choses n'étaient pas biaisées par leurs situations à tous les trois ! La solitude ne permet pas d'aborder l'autre de façon naturelle. On est tellement à fleur de peau, tellement « à l'affût », tellement sensible, que l'on perd ses moyens très vite, et on a du mal à garder de la distance sur ce qui arrive, sur ce que l'on ressent. On peut croire être follement amoureux alors qu'on ne l'est pas, ou se sentir trahi alors qu'aucune promesse n'a été faite. Mieux valait rester prudent, et ne pas s'emballer quoi qu'il arrive avec son nouveau prétendant.

Ainsi, le lendemain soir, de retour du travail un peu plus tôt que d'habitude, Lorraine décida de se préparer tranquillement, sans pression, pour ce nouveau dîner. En essayant quelques robes, elle se rendit compte qu'elle avait pris du poids. Il faut dire que pendant sa période sentimentale « maigre », elle ne dînait pas souvent au restaurant et que, seule chez elle, un simple potage accompagné d'un fruit et d'un laitage lui suffisaient. Cela la fit sourire, car elle savait qu'elle mangeait toujours plus lorsqu'elle se sentait bien, et que c'était bon signe. L'ambiance annoncée de cette soirée lui rappelait tout de même désagréablement celle qu'elle avait vécue quelques semaines auparavant ; même heure, même restaurant, même chevalier servant … Mieux valait chasser tout cela de son esprit, sous peine de retomber dans un état de déprime avancé. Mais plus le temps avançait à l'aiguille de son horloge murale, plus elle redoutait qu'il se passe quelque chose de grave, cette fois encore. Et si Simon replongeait ? Si, entraîné lui aussi dans ce mauvais tourbillon de souvenirs, il retentait le pire ? Soudain, prise d'affolement, incapable de se contenir, elle appela son ami. Il était dix-neuf heures deux, il devait arriver d'ici dix minutes environ, mais elle ne pouvait plus attendre.

— Allo ?
— Oui, Simon ? C'est Lorraine !
— Lorraine ! Je suis en retard ? J'arrive, je n'ai plus que quelques mètres à faire, et je suis dans ta rue. Je me gare en bas ?
— Oui, sous le porche, je descends !

Ouf ! Il arrivait, et il avait l'air tout à fait bien. Lorraine se sentait un peu ridicule, mais aussi soulagée. Lorsqu'il lui ouvrit la portière de sa voiture, il sourit d'un air malicieux.

— Tu as eu peur que je ne vienne pas, n'est-ce pas ?
— Oh, non ! Pourquoi ?
— Allons, j'ai bien senti à ta voix que tu étais dans le doute. Ne t'en fais pas, je n'avais aucune envie de disparaître, cette fois. Au contraire.
— Bon, je reconnais, c'est un peu vrai. Mais ces circonstances identiques, ça m'a ramenée en arrière, tu comprends ?

— Je l'ai un peu fait exprès, je te l'avoue. Non pas pour t'éprouver, mais pour moi-même. Je voulais conjurer le mauvais sort, si je peux dire, me convaincre que si je l'avais décidé, cette soirée existerait, et que personne ne m'empêcherait de vivre ce moment que j'ai choisi de passer avec toi.

— Je comprends. C'est gentil, ce que tu me dis là.

Lorraine était touchée par les paroles de Simon, même si à travers ces mots, il semblait évident qu'il accordait beaucoup d'importance à ce rendez-vous, ce qui n'allait pas dans le sens d'une soirée décontractée. Allons, maintenant, il fallait pourtant s'efforcer de profiter du moment ! Ils avaient tellement attendu, ce jour aurait pu ne jamais arriver, alors c'était un jour de fête.

Après un court trajet jusqu'au restaurant, ils s'installèrent à leur table, et instantanément, l'ambiance intimiste, les lumières tamisées et douces, calmèrent Lorraine. Elle était heureuse de se trouver là, avec cet homme qui, semblait-il, avait gardé en mémoire, malgré ses difficultés, tous les détails de leur relation par messages interposés. Il se montrait attentionné, sans être entreprenant, doux, sans être mielleux, protecteur, sans être étouffant. Lorraine se sentit durant toute la durée du repas comme transportée sur un nuage de plénitude, à mille lieues des problèmes de solitude, de la douleur, et des idées noires.

Lorsqu'au retour, stationné au bas de l'immeuble, Simon déposa sur sa bouche un baiser chaud et délicat, elle ne montra aucune résistance, et se laissa aller au bonheur du contact de leurs lèvres. Puis, leurs visages se touchant presque, ils se regardèrent sans rien dire pendant plusieurs secondes, plongeant leurs yeux l'un dans l'autre.

— Que fait-on ?
— On se revoit samedi matin ? Ou je monte maintenant ?
— Si on se laissait le temps ?
— Tu as raison.

C'est frissonnante de sensations délicieuses que Lorraine rentra chez elle, après cette soirée idyllique. Simon remportait haut la main la palme de la séduction, en un seul dîner, contre six du côté d'Alban. Même s'il ne s'agissait pas d'une compétition, c'était difficile de ne pas comparer l'attitude des deux hommes ; l'un plus distant malgré ses attentions et son intérêt pour elle, l'autre plus séducteur. Le docteur semblait attendre d'elle autre chose que de l'amour, elle n'aurait pas vraiment su dire quoi, peut-être une forte relation de confiance, ou quelque chose comme ça. Elle s'endormit avec la certitude que la nuit la conforterait dans son *choix*.

CHAPITRE 13

— Vous n'avez fait que vous embrasser ? Mon dieu, que c'est romantique ! On dirait une histoire de collégienne.

— Je t'en prie, Claire, tu n'es pas obligée de te moquer.

— Je ne me moque pas, je t'assure. Je suis très contente pour toi, tu as l'air heureuse.

— Oui, c'est tellement agréable de rencontrer quelqu'un avec qui tu te sens si vivante, tu comprends !? Je n'avais plus ressenti tout ça depuis longtemps. Et puis, si tu veux savoir, je n'ai pas … hem, enfin, tu sais, je ne l'ai pas fait depuis longtemps, alors je ne suis pas trop pressée. Je voudrais avoir le temps de me préparer à l'idée, je ne sais même pas si je saurais encore faire.

— Ah ! Ah ! Ah ! T'inquiète pas, c'est comme le vélo, ça revient vite. Tu le revois quand ?

— Demain matin, à l'atelier. Au fait, tu as trouvé les fonds, pour ton association ?

— Oui, ça y est. Je n'ai pas eu de problème, mes partenaires financiers sont fidèles.

— Parfait. Je viendrai à ta soirée caritative, n'oublie pas de me confirmer la date, et qui sait, peut-être que Simon acceptera de m'accompagner ? J'aimerais beaucoup m'y rendre en sa compagnie, en tout cas.

Simon appela justement dans la journée, pour prendre des nouvelles et redire à Lorraine à quel point la soirée de la veille avait été magique, et combien il avait hâte de la retrouver le lendemain matin à l'atelier. En revanche, lorsqu'elle lui parla de la manifestation caritative organisée par Claire, il répondit qu'il ne pourrait pas l'accompagner, alors même qu'elle n'avait pas de date précise à lui indiquer. Il était catégorique, et passa immédiatement à un autre sujet, ce qui parut peu charitable à Lorraine, et l'étonna beaucoup. Il n'était donc pas touché par les difficultés des autres ? Mais non, bien sûr ! Elle oubliait qu'il venait juste de tenter de mettre fin à ses jours. Il avait besoin de gaieté, d'optimisme, et c'était un réflexe bien humain de vouloir se protéger, le temps de reprendre des forces. Assister à une soirée pour récolter des fonds pour les handicapés, ce n'était pas vraiment ce que l'on appelle un remède pour le moral.

Lorsqu'elle arriva, un peu avant dix heures, dans l'immeuble d'Alban, elle entendit les voix de plusieurs personnes dans la salle de l'atelier. Elle n'était pourtant pas en retard, qui pouvait déjà être arrivé ? Elle approcha, et vit Anne, la trentenaire et Pierre, l'ancien commercial, en compagnie du docteur, tous trois en grande discussion et visiblement très joyeux.

— Ah ! Bonjour, Lorraine !
— Eh bien, qu'est-ce qui se passe ? Une réunion entre vous, sans moi ?
— Pierre et Anne ont quelque chose à nous annoncer.
— Ah ?
— Oui, nous ne viendrons plus à l'atelier. Nous allons vivre ensemble.

C'était bien ce que Lorraine avait cru deviner lors des précédents séances ; ils avaient une histoire tous les deux, depuis leur rencontre aux *Cœurs Egarés*, et leurs sentiments réciproques les comblaient au point de ne plus ressentir le besoin de participer au groupe. Ils semblaient si heureux que l'on ne pouvait s'empêcher de les envier.

— Nous sommes venus pour informer tout le monde, et pour vous saluer, voilà. Nous vous souhaitons qu'il vous arrive rapidement la même chose qu'à nous.
— C'est merveilleux ! Je vous embrasse !

Voilà qui débutait bien la séance. Même si Alban n'avait pas pour vocation de marier ses patients entre eux, eh bien, la formation inattendue d'un couple était un petit miracle bienvenu.

Pendant que le docteur et son assistante installaient le matériel, les autres participants arrivèrent les uns à la suite des autres, et Simon parut enfin, souriant et détendu. Il était ravi pour Anne et Pierre, et un peu surpris aussi de devoir leur dire au revoir aussi vite. Il s'approcha de Lorraine et l'embrassa tendrement et discrètement sur la joue avec un sourire complice, puis il se servit un café et commença à discuter avec les autres membres, jusqu'à ce que le nouveau couple d'amoureux se décide à quitter la salle.

— Nous vous souhaitons à tous beaucoup de
bonheur, et peut-être à bientôt, si l'on se
croise ! Bonne séance à tous et gardez l'espoir.

En voilà deux qui n'avaient plus besoin d'aide pour
l'instant. Le groupe se retrouvait donc à six, et il ne
restait qu'à adapter certains exercices, dont par
exemple le cercle des contacts pour la gestion de
crise, ce qui fut rapidement fait. Le docteur demanda
à l'assemblée de s'asseoir, puis il pria Mathilde de
raconter, si elle le voulait bien, son expérience de la
semaine passée, avec Lorraine. Elle ne se fit pas
prier, heureuse de pouvoir montrer que le système
mis en place fonctionnait, et qu'elle avait passé un
dimanche après-midi superbe, alors qu'il s'annonçait
vraiment catastrophique.

— Je veux remercier Lorraine, pour sa gentillesse
et sa disponibilité. Elle m'a remonté le moral,
et elle m'a même proposé de la coiffer ! Je vais
débuter une activité de coiffure à domicile, je
me suis déjà renseignée, c'est tout simple. Je
n'ai pas envie d'être à la retraite, alors je
quitterai le salon où je travaille, mais je
continuerai en indépendante.

Lorraine ne pouvait qu'approuver.

> — C'est merveilleux, Mathilde. Je suis sûre que
> vous vous sentirez moins seule, car vous allez
> être amenée à rencontrer des tas de gens. Et si
> d'autres membres ici veulent devenir clients, il
> suffit de prendre rendez-vous !
> — Et je vous ferai des prix préférentiels !

José, Isabelle et Simon manifestèrent immédiatement leur intérêt. Ils étaient prêts à aider Mathilde à démarrer, et à lui faire de la publicité parmi leurs connaissances.

> — A présent, Lorraine va vous expliquer en quoi
> consiste notre prochaine activité.

Alban et son assistante s'étaient entendus pour qu'elle mène toute seule la première action de la matinée ; la réalisation d'une figure en carton individuelle pour représenter la solitude. Elle commença donc à raconter comment, lorsqu'elle se sentait très seule, elle avait eu l'idée de dessiner sur un grand emballage de meuble qui traînait chez elle une représentation de sa solitude, qui, sous le coup du désespoir, ressemblait finalement à un personnage mi-humain, mi-animal, assez repoussant.

— J'ai eu besoin de la dessiner, je ne sais pas trop pourquoi, je crois que je voulais pouvoir lui faire face, ou quelque chose comme ça. Je vous montrerai ma réalisation après, parce que je ne veux pas vous influencer. Alors voilà, je vous ai apporté à chacun un grand carton, et avec les feutres de couleur, vous allez dessiner votre solitude, comme si elle était un être vivant. Faites-là simplement, telle que vous pourriez l'imaginer, telle que vous la haïssez si vous voulez, faites-là en pensant à tous ces moments difficiles, tout ce que vous avez dû supporter à cause d'elle. Lâchez-vous ! Il faut simplement qu'elle représente au mieux cette solitude que vous abhorrez.

Pendant une bonne vingtaine de minutes, Isabelle, José, Mathilde, Pauline, France et Simon s'appliquèrent à tracer plus ou moins habilement une image de leur solitude. D'abord timides, les gestes devinrent de plus en plus vifs, et au fur et à mesure, on pouvait sentir la hargne, le défoulement dans le mouvement des participants, dont tout le corps semblait entraîné par leur main. Lorraine observait les réalisations qui apparaissaient sous ses yeux, et lorsqu'elle arriva à celle de Pauline, elle ne put retenir un regard en direction d'Alban. Pauline s'était dessinée elle-même, sur le carton, en grandeur nature ! Mêmes cheveux châtain-roux, mêmes yeux verts, même forme de visage, mêmes lunettes, et jusqu'aux vêtements qu'elle portait ce jour-là. Alban eut un mouvement de surprise, mais se tut. C'était un exercice d'expression libre, et il fallait absolument que chacun se sente tout à fait en confiance et s'abandonne, pour aller au bout de la réalisation. Lorsque tous les membres eurent terminé, Lorraine ramassa les cartons avec l'aide du docteur, et ils les placèrent contre le mur, debout, l'un à côté de l'autre. Puis elle plaça le sien à la suite. Il était évident que le dessin de Pauline contrastait fortement avec ceux de ses collègues ; là où les autres avaient tracé des bêtes à cornes, des sorcières ou d'affreux monstres sanglants comme ceux de Simon ou de France, par exemple, son dessin la représentait, elle, sans aucun artifice, telle qu'elle apparaissait aux yeux de tous. Frappés par cette évidence, tous les participants se tournèrent vers la benjamine, qui fixait son carton d'un regard froid, sans exprimer le moindre sentiment. Elle semblait absente, comme si son esprit n'était plus dans cette salle, mais dans un monde lointain. Le docteur décida de mettre fin à l'exercice.

— Bon, c'est parfait, tout le monde a joué le jeu et je vous en remercie. Nous reviendrons sur cet exercice plus tard, et en attendant, vous pourrez selon votre choix décider d'emporter votre dessin chez vous, ou de le laisser ici si vous préférez. De toute façon, il vous appartient.

Lorraine pensa que le docteur regrettait de l'avoir laissée mener l'exercice, et qu'il se rendait compte à présent de son erreur, vis-à-vis de Pauline. Elle devrait pourtant attendre la fin de la séance pour avoir des explications.

Il reprit le fil de son thème du jour ; l'expression des émotions. Il avait une idée derrière la tête, qui était d'amener peu à peu ses patients, et Pauline en particulier, à s'interroger sur leur manière de s'exprimer, de communiquer avec les autres, et de trouver si nécessaire de nouveaux moyens d'entrer en relation. Pour la jeune femme, l'exercice devait naturellement la conduire à parler de sa passion pour la musique et surtout pour le chant. Ensuite, il serait plus facile de la conduire à se présenter au café des Fleurs, où Emilie et Dany étaient prêts à la recevoir pour programmer une animation musicale. Alban croyait beaucoup aux vertus de l'expression artistique, comme moyen de faire sortir ses peurs et angoisses, et de s'épanouir.

— Qui veut nous parler de la façon dont il perçoit sa propre manière de communiquer ? Est-ce facile, difficile ? Préférez-vous parler, écrire ? Quelles situations vous semblent compliquées ? Vous sentez-vous toujours compris ? ... etc.

José leva le bras.

— Oui ! Nous vous écoutons, José.
— Je crois que dans la vie de tous les jours, je n'ai jamais l'occasion de parler sincèrement.
— C'est-à-dire ?
— Que je sois dans mon taxi avec des clients, en pause avec des collègues chauffeurs, chez moi avec ma femme, ou d'autres personnes de la famille, je dois toujours me montrer « normal ». Je veux dire que si je me mettais à dire que je me sens seul, que la vie ne m'apporte rien, que je ne sais pas où je vais ni ce que je vais devenir, que j'aurais envie de partir, d'avoir un bateau et de naviguer sur les fleuves, on me prendrait pour un déséquilibré. Tous ces gens, ça les dérangerait dans leur vie, ça leur ferait

peur, ils auraient peur que je les contamine avec mon pessimisme, ils me fuiraient, et ma femme, elle me quitterait certainement parce qu'elle, ce qu'elle veut, c'est du régulier, pas de bruit, pas de problèmes. Les enfants ? C'est dommage, mais je n'ai jamais vraiment été un père, je m'en rends bien compte. Ils sont toujours avec leur mère, ils ne me connaissent pas et moi non plus, je ne les connais pas.

Les participants écoutaient José silencieusement. Certains avaient envie de lui dire que non, il pouvait parler à sa femme, elle était là aussi pour ça, mais visiblement, leur relation était déjà trop abîmée pour revenir en arrière si facilement.

— Merci, José. Quelqu'un d'autre veut-il répondre ? Oui, France ?
— Je suis tout à fait comme José. J'ai l'impression que si je parlais franchement de mes problèmes, ce serait mal vu. Et surtout à mon mari, qui ne comprendrait absolument pas. C'est tabou, le sentiment de solitude. Les gens, ils veulent qu'on soit positif, souriant, joyeux. Moi, je ne peux pas, je ne ressens rien de tout ça. Je ne suis pas très bavarde, et ça me bloque encore plus. Je viens de m'inscrire sur un site de

rencontres, moi aussi, pour des rencontres d'amitié bien sûr. Mais c'est pareil, je n'ose pas être naturelle.

Simon leva la main.

— Sur les sites de rencontre où je m'étais inscrit, je n'osais pas plus parler librement. Pourtant, on ne connaît pas les gens alors on devrait pouvoir être spontané, mais si l'on paraît trop déprimé, personne n'a envie de nous répondre, alors … En revanche, lorsque je ressentais vraiment le besoin de parler, et surtout d'être écouté, j'allais poster des poèmes sur un réseau social, et j'attendais les réactions de mes « amis ». En général, j'avais beaucoup de réponses, pace que là, les gens se disent qu'ils ne sont pas obligés ensuite de devenir votre ami dans la vraie vie, ils peuvent tout simplement passer à autre chose, dès qu'ils en ont assez.
— Vous écrivez des poèmes, Simon ?
— Oui.
— Pourriez-vous nous en lire un ? Si vous voulez bien, la prochaine fois ?
— Oui, pourquoi pas ?
— Qui d'autre s'exprime au travers d'un moyen créatif ?

Après quelques secondes, Pauline leva la main.

— Moi, j'écris des chansons.

CHAPITRE 14

— Oui, Pauline ?

— J'écris des chansons depuis que je suis petite. Je voulais devenir chanteuse. Je suis comptable dans une entreprise, au lieu de ça.

— Vous avez déjà chanté en public ?

— Non, jamais. Même ma famille, ne sait pas que je chante. Quand j'étais encore chez mes parents, je chantais lorsqu'ils étaient absents, et que j'étais sûre que personne ne pouvait m'entendre. Maintenant, je chante seule chez moi. Mes collègues du bureau ne savent rien non plus.

— Et que ressentez-vous lorsque vous chantez ?

— Je crois que je me sens moi, tout simplement. C'est le seul moment où je suis bien, où je me sens à ma place. J'écris mes textes, je peux dire ce que je veux, mes chansons parlent de ce que je ressens.

— Merci, Pauline.

La fin de la séance approchant, Alban conclut en proposant au groupe de réaliser une carte de vœux de bonheur pour Anne et Pierre, où chacun put mettre un petit mot pour leur souhaiter une belle vie ensemble. Il ne resterait plus qu'à la poster. Mais il ne voulait pas laisser partir Pauline aussi vite, et après avoir échangé quelques mots avec son assistante, vint à sa rencontre pendant que les autres se préparaient à quitter la salle.

— Pauline ? Voudriez-vous que nous discutions un peu, tous les trois, avec Lorraine ?

— Oui, si vous voulez.

— Nous pourrions aller boire quelque chose en bas, qu'en pensez-vous ?

— D'accord.

Ils entrèrent tous les trois dans le café, et s'assirent à une table en bordure de la vitre, afin de profiter de la luminosité extérieure et des magnifiques compositions florales disposées tout le long de la baie vitrée. Après s'être extasiée sur les fleurs, Pauline demanda pour quelle raison le médecin voulait lui parler. A ce moment-là, Dany arriva pour prendre la commande.

— Bonjour, Dany ! Je vous présente Pauline, une amie. Avez-vous des animations musicales, en ce moment ?
— Bonjour, docteur. Oui, demain soir, nous aurons un chanteur de country. Je l'ai connu par l'intermédiaire d'un ami. Il est jeune, mais très prometteur.

Une fois la commande passée et Dany reparti à son bar, Alban demanda à Pauline si elle aimerait chanter ici, au café.

— Moi ? J'en serais incapable, je n'ai jamais chanté devant un public, je vous l'ai dit.
— C'est pourquoi vous pourriez commencer avec une petite audience, comme ici. Les propriétaires du café recherchent sans cesse de nouveaux talents, ils veulent aider les jeunes à démarrer.

Pauline semblait à la fois attirée et incrédule. C'était maintenant à elle de faire le chemin vers son rêve, ou pas. Lorraine enchaîna aussitôt, pour qu'elle ne se sente pas poussée contre sa volonté et qu'elle prenne le temps de réfléchir.

— J'adore la musique, la chanson de variété. Pas vous ? J'aime beaucoup Véronique Sanson.

S'ensuivit une discussion animée sur les chanteurs de l'époque, les styles de musique, l'évolution de cet art au fil des siècles. Pauline, très intéressée, semblait s'ouvrir peu à peu, et devenait de plus en plus loquace. Elle s'illuminait dans la lumière, semblait éclore au milieu des fleurs, prenait confiance dans ce lieu accueillant, s'animait pour ce sujet qu'elle avait tant à cœur. Elle n'était plus la même. Son rêve de chanson datait de sa petite enfance, ses deux ans, quand elle cherchait à imiter son idole de l'époque, une star de la chanson enfantine. En grandissant, elle n'avait cessé de faire mûrir son goût pour la musique, et notait sur un cahier de petits textes destinés à devenir les paroles de futures chansons, pour le plaisir et en cachette de son entourage. Elle savait qu'on ne la prendrait pas au sérieux si elle annonçait vouloir devenir chanteuse, et elle avait renoncé à en faire son métier.

C'était le moment d'aborder un autre sujet, qui nécessitait d'avoir établi au préalable une relation de confiance forte avec la jeune femme. Le docteur, qui avait parfois du mal à la faire parler en consultation individuelle, considéra que c'était le bon moment.

— Au fait, Pauline, avez-vous envie d'emporter votre dessin chez vous ?
— Pas tellement, non. Je préfère le laisser ici.
— Ce personnage représente votre solitude ?
— Je crois que oui. J'ai fait ce que vous avez dit, j'ai dessiné ce qui me venait.
— Vous voulez le revoir, ce dessin ?
— Pourquoi ?
— Je vais vous le montrer sur ma tablette, je les ai tous photographiés. Vous allez me dire ce que vous voyez. D'accord ? Regardez.
— Mais, c'est moi !

Pauline semblait surprise de constater que son œuvre la représentait sans équivoque. C'était comme si elle ne s'était pas rendu compte qu'elle s'était dessinée elle-même. Elle n'en revenait pas.

— Mais pourquoi je me suis dessinée ?

— Je ne sais pas. Vous pouvez y réfléchir, mais je voulais surtout que vous en preniez conscience.

— Finalement, je veux bien l'emporter chez moi.

Lorraine, Alban et Pauline remontèrent donc chercher le carton de la jeune femme, avant de lui souhaiter une bonne semaine jusqu'à la prochaine séance. Une fois seuls, ils pouvaient enfin discuter de ce qui s'était passé.

— Pourquoi Pauline s'est-elle dessinée ?

— Je ne voulais pas parler de chaque cas devant tout le monde, cela aurait pu mettre certaines personnes mal à l'aise, mais l'exercice était très intéressant. Il y a plusieurs explications possibles, mais la plus probable est que Pauline sait inconsciemment qui est son ennemie la plus dangereuse ; c'est elle-même ! Son sentiment de solitude est le fait de sa timidité, et surtout de sa trop forte exigence envers elle-même, qui fait qu'elle craint toujours de décevoir. Ses parents l'ont toujours poussée à être la meilleure, alors elle a peur de ne pas être à la hauteur, et elle préfère ne rien faire, ne pas répondre aux sollicitations éventuelles, plutôt que de se montrer en dessous des attentes. Mais je ne pense pas qu'elle se veuille du mal, pas du tout. Elle ne devrait pas avoir envie de détruire ou de « tuer » ce personnage, au contraire. Elle a juste besoin d'apprendre à l'aimer, de prendre confiance, et surtout, de se laisser aller. Il faut qu'elle se décide, qu'elle se pousse. Si elle vient demain soir, pour voir chanter ce jeune au café, cela sera une très bonne indication de son état d'esprit. Cela signifiera qu'elle a décidé d'agir, et qu'elle se rapproche d'un changement d'attitude. Je la vois mercredi en consultation, j'en parlerai avec elle.

— Nous pourrions aussi venir écouter ce chanteur, qu'en dites-vous ?

— J'en dis que votre ami Simon aimerait certainement passer du temps avec vous. Si vous y alliez ensemble ? Vous me direz si Pauline s'est décidée. Si elle nous voit tous les deux, cela risque de la décourager de prendre une initiative. Il ne faut pas qu'elle se sente épiée.

— D'accord, Alban. Si vous voulez.

Lorraine quitta le docteur rapidement, car Simon l'attendait pour déjeuner en ville avec Claire. Celle-ci avait enfin accepté de le rencontrer, elles devaient se retrouver rue des Lilas avant de se rendre au restaurant italien du centre, où il les attendrait. Le moment était presque solennel, c'était un peu comme si Lorraine présentait son futur gendre à sa mère, sauf que c'était Claire qui jouait le rôle maternel.

— Tu vas voir, il est tellement sensible !
— Je te crois, et j'espère qu'il réalise la chance qu'il a d'être avec toi.
— Moi aussi, j'ai de la chance. Il a beaucoup de qualités. Viens, j'ai hâte de te le présenter.

Simon était bien là, ponctuel et souriant, et les accueillit avec simplicité. Lorraine se disait qu'elle était heureuse d'avoir des amis aussi attentifs à son bonheur, et que sa vie prenait une tournure très positive depuis qu'elle avait rencontré le docteur Duval. Celui-ci ne s'était toujours pas confié sur ses rêves et sa vie personnelle, mais elle était sûre qu'il allait le faire un jour. Pour l'instant, elle pouvait profiter simplement de la joie d'être aussi bien accompagnée.

Lorsque Claire quitta le couple pour rejoindre sa famille, car elle devait conduire les enfants à leurs activités du samedi après-midi et satisfaire un engagement associatif en fin de journée, Lorraine et Simon décidèrent de faire une promenade. Se retrouver seuls, deux jours après le baiser langoureux de l'autre soir, était un véritable bonheur qui causait à Lorraine un remue-ménage interne enivrant. Elle eut une pensée pour Alban, qu'elle avait laissé à sa solitude pour rejoindre Simon, mais c'était son choix aussi, puisqu'il ne s'était pas déclaré. La journée passa sans qu'ils s'en rendent compte, de promenade en cinéma, puis en dîner aux chandelles, puis … par un merveilleux élan commun d'amour …

Lorsqu'ils se réveillèrent, le dimanche matin, chez Lorraine, ils étaient presque surpris de se trouver là, ensemble, aussi bien. La soirée, puis la nuit, avaient été merveilleuses. Simon préférait qu'ils n'aillent pas chez lui, il disait que c'était trop petit, trop mal rangé, qu'il avait un peu honte car ces derniers temps, il ne s'était pas occupé de son intérieur.

— Je comprends, ça n'a pas d'importance, on est bien, ici. Que dirais-tu d'aller écouter un jeune chanteur de country, ce soir, au café des Fleurs ?
— Avec plaisir. Et aujourd'hui, qu'est-ce qu'on fait ?
— On reste couchés !

Ce n'est que vers dix-huit heures, alors qu'ils se décidaient tout juste à se préparer pour sortir, que le téléphone sonna. C'était Alban.

— Bonjour, Alban, vous appelez pour savoir si nous allons bien au café ce soir ? Ne vous inquiétez pas, je n'ai pas oublié.

— Non, ce n'est pas pour ça, malheureusement. Il y a eu un drame.

— Que se passe-t-il ?

— France s'est suicidée. Elle est morte.

— Quoi ?

— C'est José qui vient de m'appeler. Il semble qu'elle a essayé d'envoyer un message à ses deux premiers contacts dans le cercle, Isabelle et lui, vers treize heures, mais lorsqu'il l'a rappelée quelques minutes après, elle n'a pas répondu. Il a donc appelé Isabelle pour savoir si elle l'avait eue, mais comme il avait indiqué qu'il prenait les choses en main, elle n'avait pas donné suite. Ils se sont inquiétés, et après une petite heure d'attente et de tentatives infructueuses de la joindre, ils sont allés chez elle. Là, ils sont tombés sur son mari, qui était rentré entretemps et qui a découvert France inanimée, dans sa cuisine. Elle s'est asphyxiée au gaz. Il y avait la police, les pompiers … Il ne savait pas qu'elle venait chez moi en consultation, ni pour l'atelier. Il l'a appris par Isabelle et José, qui ont dû dire aux policiers qui ils étaient et comment ils ont été prévenus.

— C'est affreux !

— Oui. Je ne voulais pas vous déranger, mais j'ai pensé que vous voudriez savoir.

— Evidemment ! Je ne sais pas quoi dire, je suis tellement …

Lorraine s'effondra en larmes, le choc était trop violent. Elle remercia Alban de l'avoir appelée et lui promit de le recontacter dans la soirée, quand elle se sentirait plus capable de parler. Simon, qui, de la salle de bains, avait accouru à ses côtés en entendant ses cris, la trouva prostrée dans le petit fauteuil du séjour, secouée de sanglots.

— Qu'est-ce qui se passe ?

— France s'est suicidée, elle est morte. C'est tellement injuste !

Il recula d'un pas devant l'horreur de la nouvelle. France était une femme mûre, dotée d'une raison, certes malheureuse avec son mari mais mère de deux enfants, avec un métier, une vie sociale. Elle rêvait de vivre dans le sud. Ils étaient ensemble la veille à l'atelier, elle ne semblait pas désespérée, du moins, pas plus que d'habitude. Elle avait participé, avait dessiné son personnage de solitude, certes très noir, mais elle s'était exprimée, elle avait même dit qu'elle s'était inscrite sur un site de rencontres amicales. C'était si soudain, si brutal. Pourquoi n'avait-elle pas attendu l'aide de ses contacts des *Cœurs Egarés* ?

Simon prit Lorraine dans ses bras, et tenta de la calmer, en la berçant comme une petite fille.

— Calme-toi. On ne peut plus rien, c'est fini.
— C'est aussi ma faute. J'aurais dû voir, j'aurais dû être plus proche d'elle.
— Mais non, voyons ! Qu'est-ce que tu racontes ! Arrête !
— Je dois voir Alban. Tout de suite.
— Je t'accompagne, dans ce cas.

CHAPITRE 15

Simon conduisit Lorraine chez Alban. Il était bien là, seul, les traits tirés, les cheveux en bataille, méconnaissable d'avoir passé l'après-midi à se ronger les sangs. Il ne parut pas surpris de les voir, et les fit entrer chez lui.

— Désolé de vous recevoir comme ça, mais je suis content de vous voir.

— Vous avez pu reparler avec José et Isabelle ?

— Oui, ils sont rentrés chez eux, mais ils étaient très secoués. Je le suis aussi. Je me sens responsable, bien sûr.

— C'est pareil pour moi. Nous n'avons rien vu venir, alors qu'elle était là avec nous, hier. Je la revois encore … Mon dieu.

— Nous allons devoir arrêter cet atelier.

— Comment ça ?

— Je ne peux pas continuer, je suis à l'origine de ce système de gestion de crise, et France était ma patiente, qui plus est. Et puis, il y a eu des signes ; cet appel qu'elle n'a pas osé faire à ses contacts le jour où elle n'allait pas bien, son dessin qui était si morbide … Ce n'est pas la première qui se suicide, mais j'aurais dû prendre les choses plus au sérieux. D'autant que ce système d'entraide aurait dû fonctionner, mais il n'a servi à rien. Je ne pourrai pas surmonter ça.

— Mais vous avez pensé aux autres ? Que vont-ils faire ?

— Je vais continuer à les suivre en consultation individuelle, bien évidemment.

— Je comprends votre déception et votre tristesse, mais elle ne s'est pas suicidée à cause de vous. Vous l'avez aidée comme vous avez pu.

— Non, je ne peux pas vous laisser dire ça. Je vais prévenir tout le monde que nous nous verrons samedi prochain pour la dernière fois. De toute façon, vous, Simon, n'êtes plus seul, je crois. Vous non plus, Lorraine. Donc il ne reste plus que José, Isabelle, Mathilde et Pauline. Un groupe de quatre, c'est trop peu. Mon dieu ! Comme c'est difficile !

— Vous êtes sous le choc. Vous voulez que nous restions un peu avec vous ? Nous devions dîner au café des Fleurs, mais là … De toute façon, je ne pourrais rien avaler.

— Je crois que je vais aller marcher un peu. Ça me fera du bien.

— Nous vous accompagnons.

Sortir à l'air frais, marcher dans la ville, jusqu'au parc, c'était ce dont ils avaient besoin. Tous trois restèrent silencieux, qu'auraient-ils pu ajouter ? Ils finirent par s'asseoir sur un banc, l'air grave. Lorraine était entre les deux hommes. Deux amis merveilleux, qu'elle ne connaissait pas quelques semaines plus tôt. Comme la vie était étrange ! Elle réalisa que c'était sur ce même banc qu'elle s'était assise un soir de grande solitude, lorsqu'elle repoussait le plus possible le moment de rentrer chez elle, pour ne pas avoir à affronter les meubles inertes, le vide de son appartement, ni son image désespérée dans la glace. C'était sans doute ce que France avait fait, elle, quelques minutes avant de … Pour chasser cette image de son esprit, elle tourna la tête, et vit, à quelques mètres sur un autre banc, le clochard à qui elle avait donné un billet ce fameux soir. Il était toujours habillé pareil, elle remarqua que ses chaussures étaient neuves et contrastaient avec ses vêtements usés et sales. Quelqu'un avait dû les lui offrir. Elle fouilla dans son sac pour trouver un peu de monnaie, et se leva pour lui donner. Le visage de l'homme s'alluma, et il remercia chaleureusement. Il ne se souvenait probablement pas d'elle, il rangea l'argent précieusement dans sa poche et regarda aussitôt ailleurs. Il n'avait pas l'habitude qu'on discute avec lui, même après un geste de générosité, et d'ailleurs, il n'en avait peut-être même pas envie. Lui, n'avait rien, et pourtant, il ne semblait pas songer une minute à attenter à sa vie. Il n'avait aucun avenir ici, sur ce banc, mais il était bien vivant et n'attendait rien de plus.

Lorsqu'Alban se décida à se lever, il semblait calmé.

— Je vous remercie d'être restés avec moi. Je vais mieux, je vais rentrer, maintenant.
— Je vous appelle demain, Alban. Mais ne prenez pas de décision trop hâtive, concernant l'atelier. Il y a certainement d'autres *cœurs égarés* qui ont besoin de vous. Quant à moi, je reste votre assistante, ne l'oubliez pas.

Simon avança de quelques pas, comme s'il sentait que le docteur avait besoin de parler seul à son amie.

— Avant de vous quitter, je vous dois une confidence, Lorraine. Je ne vous ai pas dit quel était mon rêve. Et pourtant, c'est vous qui m'avez permis de le réaliser.

— Vraiment ?

— Oui. Je rêvais de pouvoir faire confiance à nouveau. J'ai connu de grosses déceptions, avec mes parents, pour commencer, puisqu'ils m'ont abandonné lorsque j'avais quatre ans. Et ensuite, avec les femmes. Mon caractère s'est forgé sur ces déceptions, je voulais toujours tout contrôler, je ne m'autorisais jamais aucun lâcher prise. C'est épuisant, pour moi comme pour mon entourage. C'est la raison pour laquelle ma dernière petite amie m'a quitté. Il fallait que je fasse quelque chose pour m'en sortir, et pour cela, j'avais besoin d'un électrochoc. J'ai pensé à déléguer, par exemple, une partie de mon travail. Lorsque je vous ai connue, Lorraine, j'ai tout de suite su que je pourrais compter sur vous. Vous vous êtes montrée si sensible, si franche. C'est pour cela que j'ai accepté de vous emmener en concert le soir où vous avez appelé pour un rendez-vous ! Sinon, je n'aurais jamais fait une chose pareille, bien sûr. Ensuite, j'ai eu cette idée de vous proposer cette collaboration pour l'atelier. Je n'avais pas vraiment besoin d'une assistante, mais j'avais besoin de savoir que je pouvais me reposer sur quelqu'un, au moins partiellement. Et vous avez dépassé mes attentes, vous avez été parfaite. J'ai vu que je pouvais lâcher prise, ne pas tout faire moi-même, et plus encore ; j'ai vu que d'autres pouvaient faire mieux que moi, m'apporter des choses. Je sais que je vais pouvoir progresser dans ce sens, à présent. Je vous dois beaucoup. Vous comprenez aussi pourquoi j'avais besoin que vous restiez une amie, seulement une amie.

— Bien sûr, Alban, et j'espère que ce sera toujours le cas, quoi qu'il arrive.

Il embrassa Lorraine et serra la main à Simon, qui patientait en faisant mine d'observer les étoiles, puis s'éloigna d'un pas lent.

— Je suis tellement triste pour lui, il considère qu'il aurait pu faire mieux pour France. Je le comprends. Comment peut-on l'aider ? Je suis perdue.

— Je crois que pour ce soir, c'est déjà beaucoup, tu ne trouves pas ? Tu réfléchiras mieux demain, et lui aussi. Vous êtes sous le choc, c'est normal.

— Mais toi ? Tu peux la comprendre, n'est-ce
pas ? Mieux que personne …

— Peut-être. Mais je t'en prie, essayons de
reprendre nos esprits.

— Tu as raison. Et si nous passions tout de même
au café ? Pour demander si Pauline est venue ?

— Si tu veux. Mais si elle est là, tu vas lui dire,
pour France ?

— Peut-être a-t-elle été mise au courant ? Nous
allons voir.

Ils entrèrent au café des Fleurs, où l'ambiance était
comme d'habitude, chaleureuse et animée.
Heureusement, il y a des lieux qui se sont pas
touchés par le malheur, qui n' « épongent » pas les
drames, et qui restent les mêmes, quoi qu'il arrive.
Ce sont des îlots de constance, ils sont faits pour
reposer l'âme. Le café faisait partie de ces lieux.

Il était déjà tard, plus de vingt-et-une heures trente, et
le tour de chant du jeune chanteur de country était
terminé. Dany était occupé à servir les derniers plats
du jour, et Emilie tenait le bar. Lorraine la salua et
demanda si elle avait vu au cours de la soirée la
jeune femme qui les accompagnait la veille au soir,
Alban et elle.

— Oui, elle est venue. Elle était avec un jeune homme. J'ai cru comprendre que c'était un collègue de bureau. Ils ont bu un verre, en écoutant la musique, puis ils sont partis.

— C'est tout ? Elle n'a pas demandé si vous cherchiez des chanteurs ?

— Non. Pourquoi, elle chante ?

— Oui. C'est son rêve, mais elle est timide.

— Je comprends. Elle reviendra peut-être. Beaucoup de gens font ça, avant de se décider à se faire connaître auprès de nous. Ils ont besoin de jauger, de se projeter, ils veulent être sûrs d'eux. Elle chante quoi ?

— Des créations personnelles. Mais je n'ai pas eu la chance de l'entendre, malheureusement.

— Vous dînez ? Il reste du filet de bœuf aux girolles et fleurs de mûres.

— Non merci, Emilie. Nous ne pouvons pas, ce soir. A bientôt !

Lorraine et Simon rentrèrent ensemble, main dans la main. Il avait accepté de rester avec elle pour la nuit, même si elle devait se rendre à son travail le lendemain matin.

— Je n'ai pas envie d'être seule, surtout ce soir.

— Ne t'inquiète pas, je n'ai pas d'obligation, je
reste avec toi.

Quel bonheur d'avoir quelqu'un sur qui compter en
cas de nécessité ! Quelqu'un d'autre que Claire,
quelqu'un pour soi. Ce soir-là, le corps de Simon
contre elle fut le plus doux et le plus efficace des
remparts contre les pensées noires exacerbées par le
silence pesant de la nuit.

L'enterrement de France était programmé pour
le jeudi matin. La semaine s'annonçait morne, encore
plus si Alban décidait de maintenir sa décision de
mettre fin aux rendez-vous du samedi matin pour les
Cœurs égarés. Lorraine l'appela dès le lundi soir,
comme elle l'avait promis.

— Comment allez-vous, Alban ?
— Je ne sais pas. Mieux, je suppose.
— Je voulais vous tenir au courant, pour Pauline ;
elle s'est bien rendue au café hier soir, c'est
Emilie qui me l'a dit.
— Vraiment ?
— Oui. Et elle a assisté au concert. Emilie dit
qu'elle va sûrement revenir, et qu'elle se
décidera lorsqu'elle se sentira prête.
— C'est bien, très bien. Je suis content.

— Et pour Mathilde, vous savez, je crois que son moral va bien. Elle doit aller coiffer un nouveau client à domicile, cette semaine. Un voisin.

— C'est bien.

— Vous voyez, Alban, que vous avez apporté beaucoup à ces gens. Tout cela est très positif.

— C'est le monde à l'envers ! C'est vous qui me soignez, alors ?

— Et pourquoi pas ? Il faut bien que quelqu'un vous soigne !

Les jours se suivirent, Simon rejoignait Lorraine le soir, après son travail. Lui, ne travaillait pas, il devait songer à sa reconversion.

— Tu t'es renseigné, pour ta formation ?

— Non, pas encore. Je vais le faire, après l'enterrement.

Il est vrai que le drame avait plongé le couple, tout comme les autres membres de l'atelier, dans un état de sidération tel qu'il les freinait dans leurs projets. C'était comme si la vie fonctionnait au ralenti, dans l'attente de ce jour de deuil qui les rassemblerait une nouvelle fois, peut-être une des dernières. Claire appela un soir, elle ne savait rien de ce qui s'était passé, Lorraine n'avait pas pris le temps de l'informer. Sa réaction fut à la hauteur de l'évènement, même si elle ne connaissait pas France.

— Ça alors ! Quelle horreur !
— Oui, personne ne comprend. Nous l'avons vue la veille, elle était comme d'habitude.
— Ça fait déjà deux suicides autour de toi, depuis quelques semaines seulement …

Elle avait raison. Avant ces évènements terribles, Lorraine n'avait jamais été confrontée à ce genre de drame. Des accidents, des maladies, mais aucun suicide, pas même au travail. C'était un peu beaucoup d'un coup, et il fallait espérer qu'elle n'aurait pas à connaître à nouveau cela avant longtemps. Elle attendait aussi que Simon se confie sur ce geste fou, qu'il lui explique, un jour, ce qui s'était passé pour qu'il en vienne à passer à l'acte. S'ils devaient être amenés à vivre une relation poussée, elle voulait savoir.

Le jour de l'enterrement arriva, et il fallut bien se résoudre à affronter la dure réalité. Lorraine avait posé un jour de congé, elle avait besoin de se sentir entièrement disponible et de se donner un peu de temps pour se remettre des émotions qui ne manqueraient pas de la chambouler. Effectivement, ce fut un moment très dur. France n'avait peut-être pas beaucoup d'amis, mais un nombre important de connaissances plus ou moins lointaines, sans doute des voisins, collègues, et peut-être même des curieux attirés par les conditions particulières de sa mort, se retrouvaient tous autour d'elle, à présent qu'il était trop tard. Les membres de la famille semblaient tous véritablement assommés par le drame. Ses enfants, ses frères et sœurs, cousins, neveux, exprimaient autant d'incompréhension que de peine. Son mari, qui ne quittait pas le cercueil d'un pas, paraissait sincèrement effondré. Même si France avait souvent dit qu'ils ne partageaient plus grand-chose à part les repas, et qu'il refusait de quitter leur région alors qu'elle rêvait de s'installer dans le sud, une telle mort ne pouvait pas ne pas le toucher profondément. Il devait immanquablement se sentir responsable, et très démuni.

Enfin, se tenaient un peu plus éloignés, mais tous présents, l'ensemble des membres des *Cœurs Egarés* ; Anne et Pierre, José, Isabelle, Mathilde, Pauline, Simon, Lorraine et le docteur Duval. Ici, encore, l'émotion était palpable. Pauline, en particulier, tremblait de tout son corps. Elle murmura.

— Ses enfants ont mon âge ! Ce pourrait être ma
mère …

CHAPITRE 16

En raison de l'évènement, Lorraine et Alban avaient tacitement décidé de ne pas se rendre au concert de Véronique Sanson, qui avait eu lieu en début de semaine. Ils n'avaient pas eu besoin de se consulter, cela allait de soi. Comment auraient-ils pu s'amuser et prendre du bon temps dans ces circonstances ? Décidemment, le sort avait décidé que Lorraine ne pourrait jamais voir son idole. De son côté, le docteur était-il toujours convaincu qu'il devait fermer l'atelier ? Elle espérait que ces quelques jours de réflexion l'avaient amené à changer d'avis, même si elle-même n'était plus très sûre de ce qu'il fallait faire ou pas. Mais c'était lui le professionnel, il était le plus à même de décider.

Le samedi matin, avec Simon, elle se présenta à la salle des Cœurs Egarés quelques minutes avant l'heure. Le docteur était assis à la grande table de bois clair. Il avait l'air serein, mais, à son attitude, Lorraine eut un mauvais pressentiment. Il n'était pas affairé à ses préparatifs comme d'habitude, ni occupé à disposer ses outils de travail, ou à écrire le sujet du jour sur le tableau. Il n'affichait pas de grand sourire sur son visage, il était juste assis, et il regardait ses mains posées devant lui.

— Bonjour, mes amis. Un café ?

Ils se regroupèrent tous les trois autour de la machine, et se servirent en silence. Puis ils attendirent que les premiers participants arrivent. Ce fut d'abord José, puis Isabelle, puis Mathilde et enfin Pauline. L'absence de France leur revenait en pleine face, comme un boomerang. Ils avaient intégré sa disparition, depuis ce tragique jour de dimanche, et jusqu'à l'enterrement, mais ils n'avaient pas encore fait le deuil de leur camarade d'atelier. Après les embrassades habituelles, plus appuyées que jamais, comme si ces démonstrations d'affection pouvaient les aider à surmonter leur tristesse, le docteur les pria de s'asseoir.

— Je n'ai pas annulé cette séance, parce que j'avais besoin de vous parler à tous, dans ce cadre qui nous est devenu familier, depuis presque trois mois. Voilà, vous vous doutez peut-être de la décision que j'ai prise, après avoir bien réfléchi. Nous avons vécu un évènement très douloureux, très triste. Nous avons tous de la peine, nous ne comprenons pas, et France va nous manquer énormément. Je pense que cet atelier ne peut pas continuer d'exister, en tout cas, pas sous cette forme. Peut-être qu'il y aura, ponctuellement, des réunions où nous nous retrouverons ensemble, autour d'un thème ou d'une idée sur la solitude, mais pour l'instant, je pense que nous avons besoin de nous remettre, et moi en particulier. Voilà, j'espère que vous me comprenez.

Isabelle fut la première à réagir.

— Moi, je ne veux pas que l'atelier s'arrête. J'ai besoin de ce rendez-vous, je sens que je vais mieux, je veux continuer à travailler sur mon rêve, qui est d'apprendre la mécanique, et pour ça, j'ai besoin de vos encouragements. Sinon, je n'y arriverai pas.

— Moi, je pense la même chose. C'est terrible, ce qui est arrivé à France, mais justement, cela prouve que nous sommes fragiles, et qu'il faut que nous continuions à nous soutenir, à rester vigilants les uns avec les autres. Je suis repassée au café des Fleurs, juste avant de venir à l'atelier, je vais chanter chez eux, la semaine prochaine, un soir. Je vais réaliser mon rêve, j'ai suivi vos recommandations.

— Oh, c'est formidable, Pauline ! Félicitations !

— C'est grâce à l'atelier, je ne pense pas qu'il doit s'arrêter.

— Je vous remercie d'être aussi enthousiastes, je suis vraiment touché. Cela me réchauffe un peu le cœur, et ne vous inquiétez pas, je ne vais pas vous abandonner, je continue de vous suivre en consultation individuelle.

— Alors c'est fini ? Maintenant ?

— Avant de nous séparer, j'ai quelqu'un à vous présenter. C'est une personne qui a été ma patiente il y a longtemps, lorsque je débutais. Je lui ai demandé si elle voulait bien venir vous raconter son histoire, ou du moins, l'histoire du couple qu'elle a longtemps formé, comme vous, avec sa solitude. Je voulais absolument vous la faire connaître, pour que vous sachiez que parfois, la solitude peut être une amie. Voulez-vous la voir ?

Tout le monde acquiesça, intrigué par cette présentation. Le docteur se leva et ouvrit la porte de la salle, puis disparut quelques minutes. Lorsqu'il revint, il était accompagné d'Emilie, la femme de Dany, du café des Fleurs.

Lorraine et Simon, en particulier, furent très surpris de voir ici cette femme qu'ils connaissaient bien de vue, mais avec laquelle ils n'avaient jamais parlé de leur vie privée. Emilie se plaça parmi eux, et les salua. Puis elle entreprit de raconter son expérience personnelle.

— Je ne vais pas vous raconter toute ma vie, ce n'est pas très intéressant. Mais le docteur m'a demandé de vous parler de mon rapport à la solitude, et je crois que vous pourrez vous reconnaître en partie dans mon vécu. Voilà, je suis issue d'une famille nombreuse, donc habituée à n'être jamais seule, mais en même temps, je m'en suis rendu compte plus tard, un peu perdue au milieu de l'ensemble de mes frères et sœurs, et donc, finalement, en demande de différenciation, de distinction. Je voulais donc sortir du lot, et au lieu de suivre le chemin tracé par ma famille, qui m'amenait vers une vie de fonctionnaire, j'ai décidé vers vingt-cinq ans, sur un coup de tête, de reprendre un tabac-presse. C'était risqué, mais surtout, c'était très loin de ma région natale, et donc, de ma famille. Je crois que je voulais leur montrer ce dont j'étais capable, devenir une référence, un exemple pour eux. Je suis donc arrivée ici, et malgré le travail très prenant, j'ai rapidement été touchée par le sentiment de solitude. Plus de famille, de parents, d'amis, plus personne. Je n'avais pas pensé que cela me pèserait autant de me retrouver toute seule. J'imaginais que j'allais rencontrer des tas de gens intéressants, sortir, découvrir plein de choses. Mais lorsque je rentrais chez moi, après une journée chargée, je n'avais personne à qui me confier, avec qui partager, sur qui me reposer. C'était extrêmement difficile. Je me suis rapidement rendu compte de l'erreur que j'avais commise, mais pour rien au monde, je n'aurais fait machine arrière. C'aurait été comme admettre que je ne n'étais pas capable de me débrouiller, que j'avais échoué. Lorsque j'avais ma famille au téléphone, je leur disais que tout allait bien, que j'avais plein d'amis, une vie incroyable. Je mentais pour les impressionner. Après plus de trois ans de solitude, en désespoir de cause, j'ai décidé de faire appel à un spécialiste, parce que je sentais que je ne m'en sortirais pas. Je n'avais toujours pas d'ami, pas de connaissances autres que les clients, et je ne savais plus comment m'en sortir. En plus, mon commerce marchait mal, alors que je travaillais six jours sur sept, de cinq heures à vingt heures. Je sombrais. Bref, j'ai pris rendez-vous avec le docteur Duval, et nous avons commencé les séances. Je me suis libérée deux soirs par semaine, en avertissant mes clients que je fermerais plus tôt ces jours-là. Nous avons commencé à travailler sur les motivations de mon projet professionnel ; pourquoi j'avais repris ce commerce, ce que j'attendais de cette activité, mes déceptions … Puis le docteur m'a demandé de formuler mon vrai rêve, ce qui me tenait réellement à cœur. Et là, j'ai pu formuler l'objectif de ma vie ; fonder une famille qui soit aussi unie que l'était la mienne. Pour cela, il fallait que je rencontre quelqu'un, or c'était déjà difficile de trouver des amis, alors l'âme sœur … Nous avons établi ensemble que je devais avoir un projet professionnel avant tout, et après avoir beaucoup réfléchi, j'ai déterminé mon envie ; devenir fleuriste. J'ai donc fait une formation, et là, j'ai rencontré mon futur mari, Dany, qui avait pour projet d'ouvrir un café. Lorsque nous avons terminé la formation, nous avions envie de travailler ensemble. Nous avons alors eu cette idée d'ouvrir un café-fleuriste, le premier et le seul de la ville. Nous avons eu deux enfants, et j'ai la famille et le travail que je voulais. J'ai pu réaliser mes rêves, et aujourd'hui, je suis très fière de moi. La solitude m'a beaucoup marquée, toutefois. C'était pour moi une véritable découverte, et je pèse ce mot. Découverte des autres, qui restaient indifférents à mon sort, comme j'aurais pu l'être lorsque je ne savais pas encore ce que cela signifiait, et surtout, découverte de moi-même, de qui j'étais, de mes vraies envies et de mes limites. A présent que ce temps est passé, je bénis cette période qui m'a tant apporté, et permis de me trouver. Dorénavant, entre le travail et les enfants, je recherche souvent cette solitude qui m'a tant fait souffrir ! Celle qui permet d'être avec soi-même, de se recentrer sur ce qui compte, de regarder devant avec un peu de recul. Tous les dimanches après-midi, je pars de mon côté, et je laisse les enfants et mon mari. Je marche, je vais voir une exposition, quelque chose qui m'intéresse, toute seule. Et moi qui détestais les dimanches, à présent, je les adore. Alors ce que je crois, c'est que la solitude, c'est comme une compagnie, un deuxième soi-même, en quelque sorte, qui se comporte en ennemie ou en amie, selon les circonstances et les périodes de la vie. Mais elle est toujours là, parce que l'être humain est comme ça, il est seul, c'est sa condition, sa nature. Nous ne sommes pas reliés aux autres êtres humains, je veux dire ni physiquement, ni même moralement. Nous pouvons communiquer, nous comprendre, nous soutenir, nous détester, nous réconcilier, mais finalement, nous serons toujours des êtres solitaires.

Pour terminer, la solitude, ce moment où l'on se retrouve face à soi-même, peut être aussi destructrice qu'indispensable. Si elle survient à un moment où l'on n'est pas dans une grande assurance personnelle, où l'on doute de nous, de nos choix, de notre avenir, c'est très difficile à supporter. Mais lorsqu'on est fort, que l'on se sent sur le bon chemin, à notre place, on a besoin d'être seul par moment pour apprécier, se retrouver et gagner en détermination.

Emilie avait terminé, le docteur demanda si quelqu'un voulait poser une question. José leva la main.

— Vous avez déjà essayé de représenter votre solitude ? Ne serait-ce que par une forme, un objet ? Nous l'avons fait ici, et c'était une expérience étonnante.

— Mieux que cela. J'ai toujours sur moi une petite figurine à deux têtes, que j'ai trouvée par hasard en flânant, un de ces fameux dimanches après-midi, dans une brocante. Je vous la montre, voilà ; vous voyez c'est un personnage avec deux bras et deux jambes, et l'une des têtes est repoussante, alors que l'autre est angélique. Je l'appelle mon double, elle m'accompagne parce que j'ai besoin de la toucher parfois, de la sentir près de moi, comme un rappel de ce qu'elle m'a fait subir, mais surtout de ce qu'elle m'a apporté. Je sais qu'un jour, tout peut basculer et me faire sombrer à nouveau dans la face noire de ce personnage. Si mon mari disparaît ou me quitte, mes enfants une fois partis, je peux à nouveau me retrouver seule. Mais je n'ai pas peur, je sais ce par quoi je risque de passer, et je sais aussi que j'en sortirai. Elle ne me fait plus peur. Voilà, je voudrais dire aussi que votre camarade Pauline va chanter chez nous jeudi prochain, en soirée, et je vous invite tous à venir dîner et l'écouter, ce sera avec un grand plaisir.

Le témoignage d'Emilie était très important. Son optimisme, sa vision de la vie, de la nature humaine, paraissait tellement évidents que l'on ne pouvait pas ne pas y être sensible. Bien sûr, ce n'était qu'une histoire parmi d'autres, mais chacun se disait qu'il n'oublierait certainement pas le récit de cette femme accomplie et pragmatique.

Les membres des *Cœurs Egarés* remercièrent l'invitée du docteur pour son intervention et pour son invitation, qu'ils acceptèrent avec joie, et elle repartit vers son café. Le docteur reprit la parole.

— C'était notre dernière séance ensemble, mes chers membres. J'espère que vous avez apprécié cette rencontre. En souvenir de France, je vous remercie pour tous les moments fabuleux passés ici avec elle. Nous nous voyons comme d'habitude pour les consultations individuelles, et encore merci à tous.

Lorraine, Mathilde, Pauline, Isabelle, José et Simon se levèrent tous, émus et reconnaissants, pour aller saluer le docteur chaleureusement. Ils échangèrent encore quelques mots, des souvenirs avec leur camarade disparue, et quittèrent la salle à leur tour. Alban se leva alors, rangea les quelques matériels encore en place, qu'il déplaça dans son cabinet juste à côté, puis il retira la plaque des Cœurs Egarés de la porte, et la glissa dans sa poche, avant de rentrer chez lui. Il n'avait pas l'intention de rester seul, il allait retrouver Lorraine et Simon au café des Fleurs, avec Dany et Emilie, pour un déjeuner qu'il espérait réconfortant.

Lorsqu'il entra dans le café, une surprise l'attendait. Tous les *cœurs égarés* étaient là, y compris Anne et Pierre qui étaient venus pour l'occasion. Ils l'attendaient pour partager encore un peu de temps avec lui, et le remercier pour ce qu'il avait fait pour eux. Ils étaient bien conscients que le médecin se sentait responsable de ce qui était arrivé à France, même si c'était évidemment une hérésie. Ils voulaient lui faire comprendre que ces rendez-vous hebdomadaires leur avaient beaucoup apporté, au contraire, et à elle aussi, assurément. Elle était très contente de participer à ces séances, elle l'avait dit à plusieurs reprises à ses camarades, et son geste désespéré n'avait rien à voir avec la compétence du docteur. Ce fut un moment convivial, et qui souda plus encore le groupe.

Devant tant de sollicitations, Alban eut finalement envie de se confier aussi.

— Je dois vous dire quelque chose à tous. Venez, approchez, je vous dois quelques confidences aussi, car vous êtes plus que de simples patients, pour moi. Il y a encore quelques semaines, je ne vous aurais pas parlé ainsi, mais c'est Lorraine qui m'a donné les clés pour cela. Elle s'est montrée tellement à l'écoute, tellement dévouée à ce groupe, que je me suis rendu compte à quel point, moi, j'étais obtus. Je suis aussi un *Cœur Egaré*. Si, si, comme vous tous. Je suis seul et j'en souffre. Mais maintenant, je suis capable de vous le dire à tous, et je sais que cela signifie une prochaine guérison. D'ailleurs, je dois vous dire … j'ai rencontré quelqu'un.

— Oh ! Félicitations ! C'est formidable, docteur ! Que fait-elle ? Elle habite près d'ici ?

— Je vous la présenterai, à l'occasion. C'est une femme merveilleuse, vous verrez. Elle s'appelle Rose. Je l'ai connue récemment en faisant passer des entretiens pour un poste d'assistante au cabinet, pour l'accueil des clients, la prise des rendez-vous… Je me suis décidé à confier cela à quelqu'un, il était temps ! Lorsque je l'ai vue, ça a été comme un coup de foudre, et nous avons eu envie de nous revoir. Evidemment, j'ai dû prendre quelqu'un d'autre pour le poste. En attendant, je vous souhaite à tous de trouver l'amour !

— A l'amour !

CHAPITRE 17

Le déjeuner se prolongea tard dans l'après-midi. Lorraine et Simon quittèrent le docteur vers seize heures, ils avaient envie de se retrouver tous les deux, et de faire une grande promenade dans la ville, jusqu'au fleuve qui contournait les quartiers sud. Ils arrivèrent près de l'eau, et s'assirent sur un banc, au soleil. Il faisait doux, tout était calme. Pourtant, Simon paraissait anxieux, incapable de se détendre.

— Qu'est-ce que tu as ? On dirait que ça ne va pas ?

— Moi aussi, j'ai des choses à te dire, Lorraine.

— Oui, quoi ?

— Je dois t'expliquer ce qui m'est arrivé. Pourquoi j'ai voulu mourir, ce fameux soir où nous devions nous voir.

Enfin, il se décidait à s'ouvrir, comme s'il avait été influencé par les confidences du docteur. Elle allait en savoir un peu plus sur lui. Elle était prête à entendre ce qu'il avait à lui dire, pourquoi il avait eu envie, justement le jour où il avait rendez-vous avec elle, de disparaître.

— J'ai été contacté, quelques semaines avant notre rendez-vous de ce soir-là, par une association. Une sorte de fondation qui s'occupe de récolter des fonds pour les personnes défavorisées, des handicapés en l'occurrence. Au départ, je n'ai pas voulu donner suite, mais la personne a insisté, il a dit qu'il désirait me parler de l'association, que c'était vraiment sérieux, et surtout, local. Il disait que la prise en charge concernait les gens de la ville, que cela pouvait être des voisins, des amis, de la famille. Son discours était très accrocheur, alors je me suis laissé tenter, et j'ai accepté de le rencontrer, une fois, puis une autre… Finalement, nous nous sommes vus cinq ou six fois ; j'étais seul, il était intéressant, très amical, je passais de bons moments puisqu'il m'expliquait tout ce qu'ils pourraient faire avec mon argent, si j'acceptais de leur en faire bénéficier. Acheter de nouvelles installations indispensables pour faire faire du sport aux handicapés, pour leur faire travailler leur motricité, leur offrir des loisirs, des sorties, une vie agréable malgré leurs difficultés. L'association encourageait effectivement les personnes désireuses de participer à son action à faire un legs, de sorte qu'au décès du donateur, les biens lui reviennent, sans qu'il soit lésé de son vivant. Le legs, disait-il, avait cet autre avantage qu'il était gratuit pour le généreux donateur. Il m'invita enfin à visiter le centre situé en bordure de la ville, pour que je me rende compte des besoins et des possibilités d'amélioration de l'infrastructure par moi-même. Effectivement, les locaux où les personnes handicapées étaient accueillies pour la journée étaient vétustes et peu équipés. De mon côté, j'avais suffisamment de ressources et des revenus confortables grâce à mes économies et mon commerce, et je me disais que si tout cela pouvait être utile à quelqu'un qui en avait vraiment besoin, ce serait formidable. Je prévoyais donc déjà de faire un legs de quelques milliers d'euros. Lorsque j'annonçai cela à ce monsieur, il parut satisfait mais un peu déçu. Je lui demandai pourquoi je ressentais ce sentiment chez lui, puisque nous étions devenus presque amis et que nous pouvions nous parler librement. Il me répondit que c'était bien, mais que si je voulais vraiment aider, il fallait donner beaucoup plus. Je ne sais pas ce qui m'a pris alors, j'ai eu peur qu'il me trouve pingre, qu'il me méprise d'être si peu généreux, et surtout, peur de perdre son amitié récente, qui me faisait tellement de bien. Je me sentais si seul que sa compagnie était comme une bulle d'air dans l'eau. Il m'affirma alors que dans l'existence, l'important était de se rendre utile pour ceux qui n'avaient pas eu de chance mais qui aimaient la vie. Je lui répondis que j'avais peut-être eu de la chance, mais que depuis quelques années, je n'aimais pas la vie car je souffrais énormément de solitude, et j'étais dépressif à cause de cela. A partir de là, il s'est appliqué à chacun de nos rendez-vous à me faire comprendre que je devais faire ce legs le plus rapidement possible, parce que c'étaient les dossiers complets et validés qui permettaient à l'association d'obtenir des prêts de la part des banques pour acheter des équipements, ces promesses de rentrées d'argent constituant des sortes de garanties pour elles. Ensuite, une fois que tous les papiers furent signés, pour un montant bien supérieur à ce que j'avais d'abord envisagé, nous continuâmes à nous voir régulièrement. Il était très à l'écoute, je lui racontais mes problèmes de solitude, je lui parlais de ma souffrance, de ma difficulté croissante à faire confiance, car j'avais connu plusieurs déceptions, de mes échanges avec toi, qui semblais différente, et avec qui j'avais tant de choses en commun. A partir du moment où il a eu connaissance de ton existence dans ma vie par messagerie interposée, quelques jours avant notre rendez-vous, il a changé d'attitude, il est devenu beaucoup plus directif. Il a commencé à me parler des femmes en général, du fait qu'on ne pouvait pas compter sur elles, que je ne devais pas me faire d'illusion, que tu devais certainement être comme toutes les autres et que j'avais peu de chance de tomber sur la perle rare. Malheureusement, disait-il, une fois la solitude installée dans la vie d'un homme, il était difficile de l'en chasser. Il connaissait beaucoup d'amis qui avaient dû finir leur vie seuls, et lui-même vivait seul et ne tenait le coup que par son engagement auprès des associations qu'il soutenait. Mon moral, qui était déjà très bas, dégringola encore, mais il continua à m'expliquer que la seule chose qui comptait dans la vie d'un homme, était de se rendre utile à ceux que la vie avait durement touchés mais qui restaient optimistes, comme ces handicapés du centre. Finalement, le matin de notre rendez-vous, il frappa chez moi, à l'improviste. Il m'affirma que si je voulais enfin me sentir mieux, la solution serait peut-être de mettre fin à cette vie stérile et dénuée de sens, afin que l'association puisse toucher mon héritage et ainsi, offrir immédiatement de meilleures conditions de vie à ses membres. Il était tôt, j'avais mal dormi, je me sentais très déprimé, il pleuvait, je me souviens… Il est parti vers onze heures trente, après m'avoir rabâché son discours un nombre incalculable de fois. Je n'étais pas allé ouvrir mon magasin, j'en étais incapable. Mon cerveau était embrouillé, je n'arrivais plus à réfléchir. Il m'avait laissé une petite bouteille remplie de cachets, en me disant que je n'avais qu'à tout avaler, que je ne sentirais rien, que je m'endormirais … Je ne sais pas ce qui m'a pris, une fois qu'il a été parti, je me suis dit qu'il avait raison, que je ne trouverais jamais quelqu'un pour m'aimer dans l'état où j'étais, qu'il valait mieux me rendre utile en disparaissant. Je me suis allongé sur le canapé, j'ai avalé le contenu de la bouteille, et ensuite, je ne sais plus. C'est ma sœur, qui m'a raconté. J'ai pris les cachets vers midi, elle est arrivée chez moi à midi dix, à l'improviste. Elle a sa propre clé, elle passe me voir deux fois par semaine et si je ne suis pas là, elle me dépose des légumes de son jardin, ou un gâteau qu'elle a fait. Elle a sonné et comme je ne répondais pas, elle est entrée. Elle m'a trouvé sur le canapé, elle pensait que je faisais une petite sieste après le déjeuner, avant de retourner à la boutique. Mais sans faire exprès, elle a renversé un verre et le bruit ne m'a pas réveillé non plus, alors elle a compris que quelque chose n'était pas normal. Elle m'a secoué mais je ne me suis pas réveillé, alors elle a vu la petite bouteille de cachets, et elle a appelé les secours immédiatement. Quelques minutes de plus, et c'était trop tard.

Lorraine avait écouté sans intervenir, mais elle n'en revenait pas qu'une telle chose soit possible. Simon avait pourtant l'air de quelqu'un de très sensé, intelligent, capable de discernement. Comment cet homme, qui se disait altruiste et partenaire d'associations caritatives avait-il pu le convaincre de se suicider ? Certes, Simon vivait une période délicate, mais tout de même. Elle comprenait tout de même mieux pourquoi il avait refusé si catégoriquement en premier lieu de participer à la soirée caritative de Claire.

— Tu as raconté cela à Alban ?

— Non, tu es la première à qui je me confie. Je ne l'ai même pas dit à ma sœur. Je ne voulais pas qu'elle soit mêlée à tout ça, qu'elle se mette en danger. Elle croit que j'ai pris la décision de mettre fin à mes jours seul, même si elle ne comprend pas.

— Pourquoi tu ne t'es pas confié au docteur, ou à quelqu'un d'autre ? Pourquoi tu ne m'en as pas parlé plus tôt ? Cet homme doit être poursuivi.

— Je ne sais pas, j'étais sous le choc. Je n'étais pas capable de réagir, je ne comprenais pas ce qui m'était arrivé, je ne savais plus si j'avais rêvé, si c'était vrai. Je me demandais si cet homme avait vraiment existé. Puis, lorsque je me suis rendu compte de ce qu'il m'avait fait, j'ai eu honte de m'être laissé entraîner comme un pauvre gosse. Honte d'être si faible, de m'être fait avoir comme ça. J'ai essayé de le joindre, tout de même, puisque bien sûr, il n'appelait plus. Je voulais avoir des explications. Il n'a jamais répondu à mes messages.

— C'est pour cela que tu as dû vendre ta boutique ?

— Non, ce legs ne s'applique qu'au moment du décès. Je ne suis pas mort, donc il n'y a pas de legs pour le moment. J'ai vendu mon commerce juste après. Cet évènement a été un

choc pour moi, je me suis rendu compte que je
ne menais pas la vie qui me correspondait, que
je voulais être en contact avec la nature.
Comme je te l'ai dit, je veux me reconvertir.

— Mais il faut porter plainte, il doit être
condamné. Et tu peux faire annuler ce legs, j'en
suis sûre. Comment s'appelle-t-il ?

— Il m'a sûrement donné un faux nom. Ils ne vont
pas le retrouver, c'est un malin. Ce qui me
pousse à te parler aujourd'hui, c'est la mort de
France. J'espère qu'elle n'a pas été victime de
la même machination.

— Mon dieu ! Mais tu as raison ! Et tu penses que
l'association est au courant ? Il faut absolument
aller voir la police. Mais …

— Quoi ?

— J'y pense … Claire, mon amie, a créé il y a
quelques années une association pour aider les
handicapés, est-ce que c'est la fondation
Handicoeur, dont tu parles ?

— Oui, c'est ça.

— Oh, non !

C'était le bouquet. Non seulement Simon avait failli
mourir à cause d'un homme qui s'était servi de sa
faiblesse pour le voler, mais en plus, cet homme
avait un lien avec l'amie de Lorraine, par le biais de
son association. Bien sûr, si tout cela devait être

avéré, il apparaîtrait sans aucun doute que Claire n'était pas au courant de ces malversations, mais mieux valait rester prudent.

— Qu'allons-nous faire ?
— Et si nous en parlions à Alban, d'abord ? Il sera de bon conseil.
— Tu as raison, allons-y.

Ils repartirent donc vers le centre-ville, et laissèrent un message au docteur, pour le prévenir qu'ils devaient le voir immédiatement. Lorsqu'ils arrivèrent chez lui, celui-ci était en train de se préparer un thé.

— Je vous sers ? Je vais rejoindre Rose, dans une demi-heure, nous sortons. Qu'est-ce qui vous amène ?
— Vous n'avez pas eu notre message ?
— Non, désolé, j'avais éteint mon téléphone, le temps de me reposer un peu. Que se passe-t-il ?

Lorraine et Simon expliquèrent à Alban l'objet de leur visite, et pourquoi ils voulaient lui parler immédiatement. Ils étaient inquiets.

— Et si France avait été poussée, elle aussi ? Peut-être que cet homme l'a rencontrée, et lui a joué le même numéro ? Sa famille avait l'air surprise de son geste, et nous l'étions aussi.

— C'est possible, bien sûr. Comment avez-vous rencontré cet homme, Simon ?

— Il m'a appelé, un jour. J'ai pensé que c'était à partir de ces multiples fichiers commerciaux qui sont constitués lorsque nous achetons quelque chose, ou que nous souscrivons une assurance, un prêt, je ne sais quoi.

— Vous ne lui avez pas demandé ?

— Non, je n'y ai pas pensé. J'ai été stupide.

— Ce n'est pas grave, mais le problème, c'est votre amie Claire, Lorraine. Si nous allons voir la police, il faudrait peut-être que vous l'informiez avant.

— Vous avez raison, je vais lui rendre visite avec Simon. Nous vous rappellerons dès que nous l'aurons vue.

— Très bien, je laisserai mon téléphone allumé.

Lorraine et Simon prirent donc le chemin de la maison de Claire, qui, en cette fin de samedi après-midi, était sans doute chez elle, en train de s'occuper de sa tribu. Lorraine imaginait sa réaction possible face au récit qu'ils allaient lui faire. Elle allait évidemment être choquée de ce qui était arrivé à Simon, et encore plus de savoir qu'une personne avait utilisé son association pour le convaincre le léguer ses biens, puis de se suicider. Il fallait pourtant faire vite, car qui savait ce que cet homme mystérieux était en train de manigancer en ce moment ?

Ils arrivèrent rapidement, alors même que Claire appelait son amie pour savoir ce que son message affolé signifiait.

— Ah ! Vous êtes là ?! Mais qu'est-ce qui se passe ?
— Bonjour, Claire, on peut entrer ? C'est important.
— Bien sûr, nous étions en train de préparer des gâteaux, venez.
— Il faudrait qu'on te parle en privé.
— Ah ? Bon, venez dans le bureau, alors ! Mais que de cachotteries !

Une fois assis tous les trois dans le petit bureau du mari de Claire, qui était resté avec les enfants dans la cuisine, Lorraine raconta à son amie toute l'histoire de Simon. Elle cita le nom de l'association concernée, et expliqua qu'ils se posaient aussi des questions sur les conditions de la mort de France. Claire n'en revenait pas.

— Mais je ne peux pas croire une chose pareille, c'est impossible ! Qui oserait faire ça ? Comment est-il, cet homme qui a essayé de vous escroquer, Simon ?

— Il était grand, un peu plus que moi, environ trente-cinq ans, cheveux châtain, lunettes foncées, les yeux bleus, toujours avec un blouson de toile bleu foncé, plutôt élégant.

— Je ne vois pas, cela ne correspond à aucun des bénévoles ni soignants du centre associatif. Je connais bien les membres actifs, il n'y a personne qui ressemble à cela.

CHAPITRE 18

Claire était affirmative. Elle ne connaissait pas cet homme, ce n'était pas quelqu'un de l'association. De toute façon, elle était tout à fait d'accord avec Lorraine ; il fallait avertir la police, qui se chargerait de l'enquête. Elle avait cependant une idée en tête.

— La soirée caritative, destinée à récolter des fonds pour plusieurs associations de la ville, a lieu après-demain. Peut-être que cet homme y sera présent, qui sait ? Si vous vouliez bien venir, Simon, vous seul pourriez le reconnaître formellement.
— Tu as raison, Claire ! Simon !? Qu'en penses-tu ?

— Je ne sais pas, je … Oui, je dois le faire, bien sûr. Je suis d'accord. Mais s'il me voit, lui, il risque de fuir.

— C'est juste. Il faudra te déguiser, alors.

— Me déguiser ? Comme dans les films ?

— C'est ça. On va préparer tout ça. Mais que fait-on pour la police ? Nous y allons maintenant ?

— Je crois que c'est mieux, oui. Qu'en dis-tu, Claire ?

— Je ne veux pas être mêlée à toutes ces histoires, mais je veux encore moins risquer de perdre ma crédibilité, alors oui, allons-y. Nous leur expliquerons tout ça, et notre plan pour la soirée, et ainsi, ils couvriront Simon en cas de besoin.

Sans donner plus d'explications à son mari, Claire lui indiqua qu'elle revenait dans une heure et ils partirent tous les trois pour le commissariat. Là, un policier prit la plainte de Simon, qui expliqua avoir été poussé au suicide par un homme qui avait dit s'appeler Gilles Plessis, et qui lui avait fait signer des papiers pour un legs à l'association *Handicoeur*, fondée par Claire. Ensuite, Lorraine expliqua que l'une des participantes à un atelier de discussion sur la solitude s'était suicidée aussi, et qu'ils avaient des doutes également sur ce drame. Le policier se demandait quels étaient les liens qui existaient entre les trois personnes qu'il avait en face de lui, et qui se présentaient à la fois comme victimes et en même temps partiellement complices du système de l'escroquerie. Toutefois, il n'était pas vraiment surpris car de telles pratiques avaient déjà été mises à jour et il n'était malheureusement pas nouveau que des profiteurs exploitent la faiblesse de donateurs pour s'enrichir sur le dos d'associations honnêtes. Par ailleurs, il leur apprit que le nombre de suicides avait augmenté ces dernières années dans la ville, et qu'il touchait effectivement en majorité des personnes seules. Il n'était malheureusement pas surprenant que des gens souffrant de solitude décident de mettre fin à leurs jours, mais cette hausse locale des statistiques était tout de même anormale.

Claire était un peu rassurée sur son sort. Elle avait eu peur d'être accusée injustement et de voir son avenir philanthropique menacé. Cependant, se dire que l'argent qu'elle avait durement fait entrer dans les caisses de sa fondation pouvait venir de personnes abusées ne la rassurait pas non plus. Lorraine comprenait ses interrogations.

— Cela ne veut pas dire que cet homme a déjà fait le coup avant. Ou peut-être pas pour *Handicoeur*.

— Je sais, mais tout de même. Je me suis toujours beaucoup investie dans la recherche de donateurs. Je veux dire que j'y ai mis beaucoup d'énergie, vraiment beaucoup, quitte à être parfois un peu trop insistante. C'est une chose dont j'étais fière, parce que pour moi, cela signifiait que j'étais efficace, et que je pouvais obtenir des choses, ne pas lâcher, tenter toujours plus pour atteindre mon but. Peut-être qu'ainsi, j'ai attiré ce personnage, qui a pu voir mon association comme une cible rêvée.

— Mais comment peut-il tirer parti de cet argent ? Si le legs se fait au nom de la fondation ?

— Eh bien, lorsque je trouve un mécène, il n'est pas rare que je négocie le reversement d'une partie des dons, qui sont soumis à déduction d'impôts, à celui qui a servi d'intermédiaire. C'est une façon de motiver les apporteurs de dons, comme on les appelle, et d'en faire venir d'autres.

— C'est légal ?

— Je pense que c'est à la limite. Je croyais bien faire, tu comprends ? Je me rends compte que cela crée des convoitises, et des intentions malhonnêtes. J'ai été naïve.

— La police va fouiller dans tes comptes, et te demander tous les justificatifs pour le cas de Simon. Tu sauras t'en sortir ?

— Je me débrouillerai. Je me sens coupable de ce qui vous est arrivé, Simon.

— Voyons, vous ne pouviez pas imaginer. C'est cet homme, le coupable. J'espère vraiment qu'il viendra à la soirée.

— Ce que je me demande, c'est comment il a pu avoir tes coordonnées. Et pourquoi toi, précisément, alors qu'il ne te connaissait pas.

— Je me le demande aussi.

Ils quittèrent le commissariat plus de deux heures plus tard, car les policiers demandèrent beaucoup de détails, posèrent beaucoup de questions sur les documents exploitables, les personnes concernées de près ou de loin, les situations professionnelles et personnelles des uns et des autres … Claire se dépêcha de regagner son foyer, pendant que Lorraine et Simon appelaient Alban pour tout lui raconter. Il était chez lui avec Rose, et leur proposa de passer le voir.

— Je voudrais vous la présenter, si vous voulez bien. Nous dînerons ensemble à la maison.

— Avec plaisir, Alban.

Ils firent donc la rencontre de la fameuse Rose, qui d'ailleurs semblait porter un prénom en adéquation avec sa personnalité car elle sentait bon et portait une robe de la même couleur. Alban semblait très amoureux. Les deux couples ne pouvaient qu'être heureux de leur sort à ce moment-là ; l'amour et l'amitié étaient présents en même temps, ce qui ne gâchait rien. Une fois les présentations faites, Lorraine mit Alban au courant des derniers évènements. L'effet de la nouvelle auprès de Claire, la visite au commissariat, leur idée pour essayer de retrouver l'homme lors de la soirée caritative …

— Vous avez raison, cette personne est certainement avide d'informations concernant les associations de la ville, et leur fonctionnement. Il cherche sans doute en permanence des contacts pour mener à bien ses petites affaires, alors il y a des chances qu'il soit présent, d'une façon ou d'une autre.

— Et la police sera présente également, ce qui fait que s'il est là, ils pourront l'interpeller immédiatement. Oh ! Excusez-nous, Rose, d'étaler comme ça toute cette sordide histoire. Nous allons parler d'autre chose, à présent.

— Ne vous inquiétez pas, j'ai eu aussi ma période associative, en particulier pour me soigner moi-même de mon mal-être, il y a quelques années.

Je connais ce milieu et ses dérives. Mais la plupart font un travail remarquable.

— Vous étiez dans quel domaine ?

— Plutôt dans la jeunesse, MJC, clubs de loisirs …etc. Mais il y a d'autres problèmes dans certaines de ces structures.

Faire connaissance de Rose fut un moyen efficace pour Lorraine et Simon de se changer les idées, après toutes les émotions de ces derniers jours. La jeune femme était charmante, et paraissait apprécier leur compagnie. De temps en temps, Alban posait sur elle un regard amoureux et plein d'espoir.

Les invités partirent relativement tôt, car ils étaient très fatigués et voulaient laisser le jeune couple tranquille. Sur le chemin du retour, Simon retrouva dans sa poche un poème qu'il avait écrit, et qu'il prévoyait de lire à l'atelier, avant que le docteur annonce la fin des *Cœurs Egarés*. Lorraine ne put réfréner son enthousiasme.

— Oh ! Tu peux me le lire, s'il te plaît ?

— Si tu veux.

« Pourquoi moi ? Qu'ai-je fait ?

Jamais je n'aurais cru, jamais,

Quand je rêvais ma vie, petit,

Que je vivrais si seul, si pauvre d'affection.

Quand elle paraît, soudain, comme une ombre,

Et qu'elle se penche sur moi, m'étouffe,

De mes bras je la chasse, je brasse l'air,

Les yeux fermés.

Mais mes mains la traversent,

Cognent sur les murs, saignent,

Et lorsque je regarde à nouveau,

Elle est toujours là, elle rit.

Je veux la tuer, je veux en finir,

Elle me mange, elle me vide,

C'est une sangsue.

Pourquoi suis-je seul, parmi les miens ? »

— C'est très beau, Simon.

Les deux jours suivants furent occupés à préparer la soirée du lundi, en collaboration avec la police. Lorraine devait rentrer du travail à dix-huit heures maximum, puis le couple devait se préparer pour être sur place à dix-neuf heures trente. Simon commencerait à se maquiller avant, afin de se rendre méconnaissable ; le matériel prêté par la police comprenait une perruque, des lunettes, une fausse moustache et des lentilles colorées, plus un nécessaire pour foncer ses sourcils et les épaissir. Claire passait la journée sur le lieu de la soirée, une salle des fêtes prêtée par la ville pour l'occasion. Elle attendait entre soixante et quatre-vingts personnes. Entretemps, les enquêteurs lui avaient demandé de vérifier dans ses dossiers si le nom de Simon apparaissait bien en tant que légateur, et de leur remettre les documents. Cependant, aucun autre nom n'apparaissait, le signataire du contrat de legs n'étant autre que le Président de l'association, c'est-à-dire Claire elle-même ! Elle se souvint alors avoir signé le papier, qui provenait par fax de l'un de ses quelques bienfaiteurs anonymes, qui lui avait déjà transmis deux autres contrats durant les deux dernières années. Elle lui reversait ensuite son pourcentage par un transfert de fonds sur un compte anonyme également, toujours différent. Elle ne s'était pas méfiée et avait accepté cet héritage important et bienvenu.

Ils arrivèrent à dix-neuf heures vingt, et prirent le temps de faire le tour de l'extérieur de la salle pour se rendre compte de la disposition des lieux. Ils croisèrent un policier en civil qui montait la garde à l'arrière du bâtiment, un autre devant se tenir à disposition à l'intérieur, et intervenir à la moindre alerte. Simon commençait à devenir tendu.

— Et si lui aussi, il s'est déguisé ?
— C'est possible, mais ça m'étonnerait. S'il vient ce soir, il ne peut pas imaginer que nous avons eu cette idée de lui tendre un piège, car même s'il connaît mon existence, il ne sait pas que je suis en relation avec Claire. Cela fait trop de liens indirects, ce n'est pas possible.
— Peut-être, mais je me méfie. Il a dû se renseigner et apprendre que je n'étais pas mort. Viens, promenons-nous dans la salle, il commence à y avoir du monde.

Effectivement, il y avait bien une quarantaine de personnes qui allaient et venaient parmi les buffets et les animations, toutes organisées autour du thème du handicap et conduites par des membres plus ou moins permanents de la fondation. Ils rejoignirent Claire, qui tentait de maintenir la pression sur l'équipe chargée de l'approvisionnement et du réassort des petits fours et bouteilles de vin pétillant.

— Rien d'anormal, Claire ?

— Ah ! C'est vous, Simon ? Je ne vous avais pas reconnu. Bravo ! Non, tout va bien, mes équipes sont au complet, je suis contente, il y a du monde. Et vous ? Vous l'avez vu ?

— Non, pas pour l'instant.

La soirée battait son plein, à présent. Claire n'était plus disponible, elle courait dans tous les sens pour assurer l'intendance, et recevoir les dons que les invités généreux déposaient dans une urne géante et transparente. Pendant ce temps, Lorraine et Simon parcouraient sans cesse les allées, dévisageant tous les hommes qui pouvaient correspondre à leur recherche. Le policier était toujours là, il faisait mine d'arranger des fleurs ou d'aligner des plateaux de mignardises. Au bout de deux heures, cependant, la foule commençait à désépaissir, et toujours pas de grand trentenaire aux cheveux châtain, aux yeux bleus et aux lunettes foncées. Ils restèrent jusqu'à la fin, jusqu'à ce que le dernier invité ait bu son dernier verre et soit parti. Claire était plus détendue, sa soirée était une réussite, elle rejoignit le couple, assis, ou plutôt affaissé, sur un banc à l'entrée de la salle.

— Il n'était pas là ?

— Malheureusement, non. Je ne sais pas comment nous allons faire pour le retrouver, à présent.

— Bon, je vais questionner mes collègues de l'association, avec sa description. Peut-être que quelqu'un le connaît !

— Je ne sais pas, cela risque de l'alerter, on ne peut pas prendre le risque. Mieux vaut laisser la police faire son enquête.

— Tu as raison, je suis d'accord. Merci pour ta proposition, Claire, mais tu dois faire comme si de rien n'était.

De retour chez Lorraine, celle-ci doutait pourtant à nouveau.

— Tu crois vraiment qu'ils vont le retrouver, Simon ?

— Je l'espère, mais j'ai confiance. D'autres gens ont dû être vus avec lui, et j'ai donné la liste de tous les endroits où je l'ai rencontré plusieurs fois, en dehors de chez moi. Il y a forcément quelqu'un qui va se souvenir nous avoir vus ensemble, et qui va pouvoir donner des informations sur lui. Je ne veux pas qu'il s'échappe, maintenant. Je veux qu'il paie, et qu'il ne puisse plus nuire à quiconque.

CHAPITRE 19

Enfin, Simon se montrait beaucoup plus combatif qu'il ne l'avait été depuis que Lorraine et lui s'étaient retrouvés. Elle pouvait comprendre qu'il avait été affaibli, assommé, même, par ce qui s'était passé, mais à présent, il prenait toute conscience de la gravité de la situation. Régulièrement, chaque jour, il reparlait de France, et disait que si elle était morte à cause de cet homme ou d'un autre, il les traquerait jusqu'à ce qu'ils soient en prison. En attendant que la police fasse son travail, le mieux était de rester attentif et de répondre à tous les besoins des enquêteurs. Ils étaient d'ailleurs déjà en contact avec la famille de France, et menaient leurs investigations sur plusieurs autres cas de suicide simultanément, pour essayer de recouper les indices.

Malheureusement, il était rare que les personnes ratent leur coup, et les principaux témoins ne pouvaient donc plus être interrogés par les agents. Ceux-ci, rigoureux et compétents, avaient même demandé à Alban ses vidéos sur les ateliers des *Cœurs Egarés*, pour étudier le comportement des participants, notamment vis-à-vis de leur camarade disparue. Rien n'était laissé au hasard.

Happé par cet élan d'énergie positive, Simon entamait comme prévu les démarches pour sa formation de jardinier-paysagiste. Il souhaitait se lancer au plus tôt, et créer sa propre activité avant la fin de l'année.

Ce jeudi soir toutefois, il était temps de faire une pause et de se préparer pour aller écouter Pauline chanter au café des Fleurs. Tous les membres de l'atelier devaient s'y retrouver et dîner là-bas, cela promettait une belle soirée. Lorsque Lorraine et Simon arrivèrent sur place, ils retrouvèrent Rose et Alban, Mathilde, et José, déjà assis à une grande table aménagée spécialement par Emilie et Dany dans le meilleur coin du restaurant, pour pouvoir écouter la chanteuse. Pauline n'était pas encore visible, elle se préparait dans l'arrière-salle, et devait certainement être très nerveuse. Elle avait répété toute la semaine pour être prête. Petit à petit, arrivèrent Anne et Pierre, bras dessus, bras dessous, puis Isabelle, tout sourire.

A ce moment-là, Simon disparut subitement au fond du café. Lorraine le vit se précipiter et se demanda s'il était malade, mais la tablée accueillait les derniers arrivants, et elle fut prise dans les embrassades et accolades. Alban s'inquiéta aussi.

— Mais qu'est-ce qu'il a, Simon ?
— Je ne sais pas, il a dû se sentir mal. José, tu veux bien aller voir ? Je crois qu'il est dans les toilettes hommes.
— Ok, j'y vais.

Lorsque José revint, il avait le visage grave. Il indiqua qu'il voulait parler à Lorraine et Alban à l'extérieur. Tous deux se regardèrent, étonnés, et le suivirent sans attendre, pendant que les autres continuaient à discuter.

— Qu'est-ce qui se passe, José ?
— Simon m'a dit que vous comprendriez. Il a dit que l'*homme* était là, qu'il était dans le café, à une table de deux, avec une femme.
— L'*homme* ?
— Oui, il a dit l' « homme qu'on recherche ».
— Oh ! Il faut appeler la police.

— C'est ce qu'il a fait tout de suite, là, dans les toilettes.

— Alors, ils vont arriver. Il n'y a plus qu'à attendre. Je comprends pourquoi il est parti tout d'un coup se cacher. Il ne veut pas que l'homme le reconnaisse.

— Mais qui est-ce ?

— Nous vous expliquerons, à tous, une fois les choses calmées. En attendant, allons nous rasseoir, s'il vous plaît. Le plus calmement possible.

Lorraine se retint de regarder dans le café, pour voir enfin celui qui pouvait correspondre à la description que Simon lui en avait faite. Il ne fallait surtout pas éveiller ses soupçons, et risquer de le voir s'enfuir avant que la police n'arrive. Ils reprirent leurs places et se comportèrent de la façon la plus naturelle possible. Dix minutes plus tard, alors que le concert devait commencer, deux policiers entrèrent discrètement dans le bar et Simon, qui les guettait de loin, vint immédiatement à leur rencontre. Tout alla très vite, il leur montra l'homme, qui se trouvait de dos et n'avait pu les voir, ni les entendre dans le brouhaha des applaudissements pour l'arrivée de Pauline sur scène, puis se retira à nouveau rapidement. Les policiers s'approchèrent de l'homme et lui demandèrent de le suivre, tout en prenant l'identité de sa compagne. Surpris, il tenta un réflexe de fuite mais se rendit compte immédiatement qu'avec l'encombrement de la salle, il lui serait impossible d'échapper aux deux agents. Il se résigna donc à les suivre, laissant son amie seule et interloquée.

Pendant ce temps, Pauline, qui ne se doutait de rien, commençait son tour de chant par une dédicace à France, *une amie disparue brutalement.* Presque méconnaissable, ce n'était plus la Pauline timide et renfermée de l'atelier, mais une jeune femme concentrée et habitée par sa musique, qui s'exprimait enfin. Maquillée, coiffée, vêtue d'une robe noire et d'une veste à sequins, elle rayonnait.

Simon, lui, sortit enfin de sa cachette pour rejoindre Lorraine à table, et salua ses amis avant de se tourner vers elle avec un grand sourire.

— On l'a eu.

Il était fier, heureux d'avoir réagi rapidement et sans que l'homme le voie. Il fallait espérer à présent que la police ait récolté suffisamment de preuves pour le garder en captivité.

Après cet intermède des plus inattendus, chacun s'efforça de reprendre le cours de la soirée et de profiter du plaisir de voir Pauline réaliser son rêve de petite fille. De leur côté, Anne et Pierre semblaient plus amoureux que jamais, et Mathilde se réjouissait de pouvoir bientôt quitter le salon de coiffure où elle travaillait depuis si longtemps pour devenir complètement indépendante. Isabelle n'avait pas encore engagé de démarches pour faire une formation de mécanique, elle voulait savoir si l'atelier allait reprendre un jour, ou pas. Elle ne croyait pas à l'abandon total du projet. José rêvait toujours de sa péniche. Lorsque Pauline vint enfin les rejoindre à leur table, après sa prestation qui fut très applaudie, elle eut droit à un énorme bouquet de fleurs variées, offert par la maison. Le dîner fut animé et joyeux, et se termina très tard dans la soirée. A l'heure de se quitter, Alban indiqua à ses amis qu'il avait quelque chose à leur annoncer.

— Voilà, des évènements récents sont venus modifier la situation à laquelle nous avons eu à faire face. Si cela se confirme, il est possible que nous reformions les *Cœurs Egarés*, et peut-être même que de nouveaux membres viendront nous rejoindre.

La déclaration du docteur déclencha les applaudissements de tout le groupe, ainsi que la curiosité des membres qui se demandaient ce qui avait pu se produire de si important pour qu'on en fasse tant de mystère.

— Désolé, mais il faut attendre un peu avant d'avoir confirmation, car des investigations sont en cours. Je vous ferai savoir le résultat dès que possible mais pour l'instant, l'affaire doit rester confidentielle pour la bonne marche de l'enquête.

Lorraine, Simon, Rose et Alban quittèrent le café ensemble, et marchèrent jusqu'à la place avant de se séparer pour rentrer. La fin de la semaine allait être tendue, car ils devaient patienter pour avoir des nouvelles des enquêteurs, jusqu'à ce que ceux-ci décident si l'homme qui venait d'être arrêté était coupable ou pas.

— Pourvu qu'ils ne le laissent pas filer, je ne pourrais plus jamais dormir tranquille s'ils le remettent en liberté. Il risque de faire des dégâts considérables.

— Ne t'inquiète pas, Simon, tout va bien se passer, maintenant.

Lorraine se montrait rassurante, mais elle aussi, craignait qu'il passe entre les mailles du filet. Il fallut attendre plus d'une semaine supplémentaire avant que les enquêteurs donnent des nouvelles du mystérieux escroc. Lorraine et Simon furent convoqués un mardi en fin de journée, pour prendre connaissance des conclusions de l'enquête. Le policier qui les reçut avait été spécialement affecté à l'affaire depuis le début, et avait pris la direction des opérations. Il les accueillit avec un sourire, et les pria de le suivre dans son bureau, où il les fit s'asseoir. Pour des gens qui n'avaient jamais eu affaire à la police dans leur vie, tout cela était très impressionnant. Côte à côte, ils attendaient le verdict, et pour se donner du courage, Simon prit la main de Lorraine, et la serra dans la sienne, car son cœur tapait contre sa poitrine. Le policier prit une inspiration, et commença.

— Je vois que vous êtes nerveux, alors permettez-moi de vous rassurer tout de suite. Tout va bien, nous avons recueilli assez de charges contre Monsieur Lazurée, puisque c'est son vrai nom.

Il sera jugé dans quelques semaines, et en attendant, il reste en prison.

Simon se détendit d'un coup, et desserra son étreinte, libérant la main de Lorraine. L'enquêteur poursuivit.

— La deuxième chose, c'est qu'il ne sait pas, et ne saura pas, qui l'a dénoncé. Ainsi, je vous recommande fortement, comme je l'ai déjà fait lors de la déposition de votre plainte, de ne parler à personne de votre histoire, en dehors de votre cercle familial. Il se pourrait qu'il ait des doutes, mais s'il n'est pas sûr, il ne tentera rien contre vous, c'est une protection importante contre une vengeance éventuelle, plus tard. Soyez donc discret, cet homme est très dangereux.

— Très bien, nous ferons attention.

— Ensuite, voici ce que j'ai à vous apprendre sur ce monsieur. Il n'en est pas à son coup d'essai, il a déjà escroqué plusieurs dizaines de personnes en huit ans, c'est-à-dire depuis le début de son activité principale.

— Son activité principale ?

— Oui, il a créé en quelques mois plusieurs sites de rencontres sur internet. Des sites aux noms variés, sans lien apparent, pour lesquels il a d'ailleurs pris lui-même plusieurs faux noms, afin qu'il soit impossible de les rapprocher au premier abord.

— Des sites de rencontre ?

— Oui, pour les célibataires, pour les hommes et les femmes seuls, qui cherchent à faire des connaissances, vous voyez ? « Amour et bonheur », « L'âme sœur », « Atout cœur », « l'Amitié pour tous » … etc. Il y en a six au total.

— *Atout cœur* ? C'est ce Monsieur Lazurée qui a créé ce site ?

— Oui, et cinq autres, comme je vous le disais.

— Mais nous étions tous les deux sur ce site, c'est comme ça que nous nous sommes connus !

— Oui, nous savons. Nous avons étudié les fichiers.

— Quel est le rapport avec l'association de mon amie Claire ?

— Votre amie est hors de cause, nous n'avons trouvé aucun élément qui prouve qu'elle était en contact avec cet homme, et rien dans les comptes de l'association qui permette de douter de sa bonne foi. Cependant, pour une question d'ordre moral, la fondation va devoir tout de même fermer ses portes.

— Comment ? Mais pourquoi donc ?

— Parce que, même si cela s'est produit de façon non intentionnelle, elle a engrangé dans ses caisses de l'argent et des legs venant de personnes qui ont été spoliées, à cause des méthodes malhonnêtes de Monsieur Lazurée, *donateur anonyme* pour l'association. Rassurez-vous, elle n'est pas la seule. L'homme a fait la même chose avec plusieurs autres fondations aux vocations diverses. Il demandait « juste » un pourcentage pour ses frais, disait-il, et se présentait comme une sorte de rabatteur, en plus distingué. Un pourcentage conséquent, cependant. Mais les présidents et trésoriers des associations ne pouvaient généralement refuser cette manne financière, indispensable à leur fonctionnement. Votre amie devra toutefois s'acquitter d'une amende symbolique, pour avoir joué un rôle passif, plus par négligence que par avidité. Les associations caritatives sont censées vérifier les sources de leurs entrées d'argent.

— Mais je ne comprends toujours pas le rapport entre Simon, *Atout cœur* et l'association ?

— J'y viens. Vous vous êtes peut-être demandé pourquoi cet homme s'en était pris à vous, Simon ? Il a escroqué entre soixante et quatre-vingts personnes depuis la mise en place de son stratagème, alors comment choisissait-il ses cibles ?

— Justement, c'est la question que nous nous posons.

— Il avait accès à tous les fichiers, tous les renseignements sur les personnes inscrites sur ses sites de rencontre ; coordonnées, situation, profil... Par ailleurs, il pouvait entrer dans toutes les conversations, les échanges entre membres, et ne se gênait pas pour le faire, même si c'est strictement interdit. Vous comprenez qu'ainsi, il en savait beaucoup sur chacun de vous, et qu'il pouvait faire son tri, en repérant ceux qui semblaient avoir des biens et une situation confortable, et qui étaient les plus désespérés. Ceux-là étaient sa cible principale. Vous connaissez la suite puisque vous l'avez vécue, Simon. Monsieur Lazurée vous contactait en se faisant passer pour un membre d'une association caritative, puis il vous rencontrait afin de vous convaincre petit à petit de faire un legs, solution sans frais pour vous, ou un don s'il vous sentait prêt à accepter. Une fois le poisson ferré, il ne vous lâchait plus et vous vantait le bonheur de donner à autrui, jusqu'à vous faire signer un contrat pour une des associations avec lesquelles il s'était entendu, contre un pourcentage de la somme apportée.

— Mais avec moi, il est allé jusqu'à me suggérer de me suicider !

— Oui, et c'est là que l'histoire devient très grave, car vous n'êtes pas le seul. Sur les dizaines de victimes de vol, douze se sont suicidées, et malheureusement, dix ont réussi. Vous et une autre personne, une femme, ont pu s'en sortir. Cette femme, nous l'avons interrogée, et son récit s'est révélé identique au vôtre. Le discours de l'escroc et sa méthode étaient bien rôdés.

— Mais pourquoi n'a-t-elle pas porté plainte, cette femme ?

— Elle a eu peur, et elle avait honte, ce qui peut se comprendre. Elle voulait oublier, s'en sortir, elle a tout fait pour effacer de sa mémoire cet épisode difficile. L'homme est très doué, il parvient à se rendre indispensable, l'ami parfait, celui qu'on ne veut surtout pas perdre, en particulier si on souffre déjà de solitude. Mais lorsque nous avons contacté cette femme en lui disant que nous recherchions un individu très dangereux, elle a tout de suite accepté de témoigner pour qu'il cesse de nuire.

— Mais cet homme est donc un meurtrier ?

— Même s'il n'a pas tué directement, oui, il sera jugé pour ces « crimes ». Il s'en est pris à des personnes seules, déprimées et déjà très affaiblies psychologiquement, afin de profiter de leur vulnérabilité. Lorsqu'il parvenait à soutirer un contrat de legs, cela ne lui suffisait pas. Il lui fallait accélérer les choses pour pouvoir toucher l'argent rapidement, alors il n'hésitait pas à pousser sa victime au suicide, en lui disant qu'elle pourrait enfin se rendre utile et rendre d'autres personnes heureuses, puisqu'elle, ne l'était pas et ne le serait peut-être jamais. C'est très grave, encore une fois. La femme qui était avec lui au café des Fleurs, lorsque nous l'avons arrêté suite à votre appel, était une de ses futures victimes. Elle l'a échappé belle.

— Mais, et notre amie France ?

— France est une des dix victimes disparues de Monsieur Lazurée, effectivement.

— Oh ! Non !!

— Je suis désolé. Elle s'était inscrite tout récemment sur un des sites qu'il dirige, un site de rencontres amicales, et il n'a pas fallu longtemps pour qu'il la repère. Elle était désespérée et il a su la manipuler très facilement. Nous avons pu écouter des conversations téléphoniques entre eux, et des témoins les ont vus ensemble de nombreuses fois en très peu de temps. Il l'appelait souvent, et notamment, il lui a parlé quelques minutes après qu'elle a envoyé son message d'urgence à ses contacts des *Cœurs Egarés*. Elle était dans un état d'affliction intense, il l'a senti, et il en a profité. Il l'a convaincue que mourir était la meilleure solution pour elle, qu'elle pourrait rendre le sourire à des gens dans le besoin, grâce à cet acte de courage et d'abnégation.

Elle possédait des bijoux et un appartement, à titre personnel. Elle en avait fait un legs pour une association d'aveugles, sans rien dire à son mari, qui ne se doutait de rien. Cette femme était très secrète, et surtout elle se sentait incomprise, et cet homme a su saisir sa faiblesse.

— C'est horrible ! Dire que nous sommes arrivés trop tard. Nous aurions pu la sauver, si seulement nous avions su.

— Vous n'êtes pas responsable. En revanche, rien de particulier sur cette Hélène dont vous nous avez parlé. Nous avons bien retrouvé vos échanges de messages, mais cette personne s'est simplement désinscrite par la suite, elle n'a pas voulu poursuivre l'expérience de ces sites.

— Ces legs sont-ils contestables ?

— Bien sûr, cela fera partie de la procédure. Vous devriez pouvoir les faire annuler, compte tenu du contexte.

Lorraine et Simon remercièrent chaleureusement l'enquêteur, et le félicitèrent pour son efficacité et sa rapidité. Ils n'imaginaient pas que l'histoire qu'ils avaient vécue prendrait une telle envergure, et qu'autant de gens étaient impliqués dans cette terrible aventure. Plusieurs familles avaient donc dû subir les conséquences de l'avidité de cet homme sans scrupules, et sa dernière victime était France. C'était presque inconcevable.

Enfin, Lorraine savait pourquoi Simon avait commis ce geste fou. Ce n'était pas un geste naturel, il n'avait pas voulu mourir pour de bonnes raisons, si tant est qu'il puisse y avoir de bonnes raisons de vouloir mourir, il l'avait fait parce qu'on l'y avait poussé. Elle repensa encore une fois à ce fameux soir où elle l'attendait pour leur première vraie rencontre, plusieurs mois auparavant. Lorsque la sœur de son ami avait fini par répondre au téléphone, expliquant qu'il s'était suicidé, elle avait ressenti un désespoir immense, pour cet homme à peine connu, et surtout pour elle-même. Et c'est ce sentiment très fort qui l'avait menée à faire appel à un psychologue, chez lequel elle avait finalement retrouvé Simon. Le destin l'avait voulu ainsi.

Le samedi suivant, à dix heures moins dix, Alban replaçait la plaque des *Cœurs Egarés* sur la porte de la salle, face à son cabinet. Puis il s'éloigna pour admirer l'effet, et enfin, rouvrit la porte restée fermée trois semaines de suite. Les meubles étaient en place, la cafetière toujours là, ainsi que le tableau mural. Tout pouvait reprendre, comme avant la disparition de France. Il avait beaucoup réfléchi, et cela lui apparaissait dorénavant comme une évidence ; puisqu'il n'était pour rien dans le drame qui avait touché le groupe, et que les membres réclamaient l'atelier, il fallait continuer. José, Pauline, Mathilde et Isabelle avaient besoin de lui. Il avait même deux nouveaux volontaires esseulés, Olivier et Adeline.

Lorraine ne tarda pas à arriver, joyeuse et excitée.

— Bonjour, Docteur ! Je suis ravie de vous revoir ici ! Et je suis pleine d'énergie !

— Moi aussi, Lorraine, nous allons pouvoir reprendre notre travail ensemble et j'aurai besoin de vous. Nous raconterons l'histoire de Simon, mais sans le nommer, et celle de France. Le groupe a le droit de savoir ce qui s'est passé. Et puis, j'ai de nouvelles idées, je vais proposer aux membres la création d'un journal.

— Un journal ?

— Oui. Nous devons nous ouvrir aux autres, à ceux qui vivent leur vie sans solitude. Ici, c'est comme un vase clos, c'est bien pour se confier et trouver des oreilles compréhensives, mais je voudrais qu'il y ait des interactions avec l'extérieur. Nous pourrions créer un mini-journal, deux pages, un mensuel, dans lequel les participants raconteraient leurs expériences, leur quotidien, des anecdotes, et s'adresseraient par écrit interposé à ceux qu'ils croisent tous les jours, les gens de l'extérieur, pour les sensibiliser à leur situation. L'objectif serait de parler aux gens des questions de solitude, afin qu'ils soient plus attentifs. D'autant que cela peut arriver à tout le monde, à un moment où un autre de sa vie.

— Quelle bonne idée ! C'est très motivant, bravo, docteur !

Simon était en formation depuis quelques jours, Lorraine et lui prévoyaient de partir en week-end ensemble, en Italie. Elle ne savait pas encore que pour son proche anniversaire, elle aurait droit à une sortie en montgolfière, son rêve depuis toujours. Rose était toujours aussi amoureuse du docteur, d'autant qu'il s'accordait dorénavant du temps libre, puisqu'il qu'il avait une assistante pour organiser son emploi du temps et ses rendez-vous, recevoir ses appels et prendre en charge le travail administratif. Mathilde était coiffeuse à domicile, et Pauline chantait au café des Fleurs tous les jeudis soir. Quant à José, il avait prévu de partir avec ses enfants sur une péniche louée pour faire le tour des canaux de la région, aux prochaines vacances, et Isabelle avait rempli un dossier d'inscription pour une formation de mécanique, dans un centre militaire.

Claire, pour sa part, avait décidé de faire une pause dans ses activités caritatives. Elle avait envie de s'occuper d'elle, elle comptait prendre des cours de gestion et trouver un emploi, avant que les enfants quittent la maison.

Tout ce petit monde des *Cœurs Egarés* avait hâte de se retrouver, et d'accueillir les nouveaux. La première chose qu'ils feraient, serait de les mettre en garde contre les escrocs qui guettent les âmes solitaires pour les plumer.

En attendant, ensemble, ils avaient déjà changé ; ils étaient plus forts, et surtout, ils ne seraient plus jamais seuls.

ISBN de la version papier : 979-10-96121-15-1

Dépôt légal : mars 2018

REMERCIEMENTS :

Je remercie affectueusement Sandrine Mantin, fidèle primo-lectrice et conseillère efficace.

Merci à Catherine Choupin, lectrice et correctrice généreuse, et romancière accomplie.

Merci à tous ceux qui me suivent et m'encouragent, en me faisant connaître régulièrement leur soutien et leurs appréciations.

Enfin, merci à celle qui a inspiré fortement ce roman, et qui ne le sait pas. Je raconte dans mon Recueil « Mes vérités à dire, et à contredire », parmi d'autres billets d'humeur, comment elle m'a ouvert son cœur, un jour, il y a six ans, alors que je ne m'y attendais pas, et comment elle m'a touchée. Voici l'extrait concerné, je l'ai appelé, LE MIROIR :

LE MIROIR

"Je n'aurais jamais pensé que ce serait ça, ma vie."
Pouvez-vous imaginer qui m'a dit cela récemment, avec ce mélange de distance et de fatalité qui montre qu'on a abandonné tout espoir?
Un prisonnier repentant condamné à 15 ans pour braquage à main armée? Un paralytique fauché il y a 3 ans par un chauffard alors qu'il rentrait chez lui à pied? Un soldat revenu de plusieurs années de mobilisation dans un pays en guerre, et qui n'arrive plus à s'insérer socialement?
Pas du tout. Celle qui m'a confié tant d'elle-même, alors que je ne la connaissais pas, est une femme de 41 ans, mignonne, sans problème d'éducation. Sans drame dans sa vie, sauf... la solitude.
Depuis combien de temps est-elle seule? Pourquoi? Apparemment depuis qu'elle a quitté le cocon familial pour vivre sa vie.
"Je n'ai jamais connu la vie de couple. Je ne sais pas ce que c'est que vivre avec quelqu'un. Pourquoi moi, je ne trouve personne? Qu'est-ce qui cloche chez moi? Pourquoi ça ne colle jamais? A chaque rencontre, je suis déçue et maintenant, j'ai peur de rencontrer quelqu'un et de souffrir encore.
Je voudrais un enfant. Bientôt, ce sera trop tard. Avec mon travail en 3X8, même si je fais un enfant seule, qui va s'en occuper la nuit? Mes parents sont malades. Si je continue à vivre, c'est uniquement pour m'occuper d'eux, puisque mes frères et sœurs

ne le font pas. Ma famille ne comprend pas ma souffrance, car d'après eux je n'ai aucune raison de me plaindre."

Moi qui ai du mal à en parler lorsque j'ai quelque contrariété, voilà cette personne qui me livre la totalité de son mal de vivre, sans aucune retenue et dans la plus grande simplicité. Autant de souffrances qui tiennent en aussi peu de mots...
Que pouvait-elle attendre de moi sinon de l'écoute et de la compréhension?
Je la comprends.
Je la comprends si bien que se mélangent en moi la tristesse et en même temps le sentiment d'avoir échappé de peu et sans le mériter plus qu'elle, à un destin identique. C'est ma sœur d'infortune, c'est ce que ma vie aurait pu être aussi, c'est l'ensemble de mes peurs et de mes doutes, la face noire de mon chemin. L'autre côté du miroir.
Je pense souvent à elle, même si je ne la vois pas. Qu'elle sache que je ne l'oublie pas.